지금은 해적시대

주류의 공식에 해적 깃발 꽂기

저자
이 정

맑은샘

프롤로그

대한민국은 망한다?

"대한민국 완전히 망했네요, 와 놀라운 수치예요!"

얼마 전 한국의 2023년 2분기 합계 출산율(0.7명)을 보고 미국의 저명 교수가 보인 반응이다. OECD 38개국 중 합계 출산율이 1보다 적은 나라는 우리나라가 유일하니 그럴 수밖에. 극단적으로 낮은 우리나라의 출산율 걱정이 이제 새삼스럽지도 않다. 그동안 저출산 대비 예산을 수백조 원을 쏟아부었고, 2024년 한해의 저출산 예산만 17조 원이다. 하지만 백약이 무효이다.

지금은 해적시대인 이유

해군은 잘 훈련된 전력과 일목요연한 매뉴얼을 이용하여 정해진 교전수칙을 지킨다. 반면 해적은 교전수칙이 없고 훈련되지 않은 인력이지만 뚜렷한 목표와 도전 정신(?)으로 무장하고 있다.

스티브 잡스는 1980년대 중반 '해적정신'을 활용하여 스스로 축적했던 애플 2의 성공적 PC시장을 파괴하고 매킨토시 컴퓨터 개발을 통한 새로운 시장을 창출해냄으로써 '창조적 파괴' 정신을 보여주었다.

우리나라의 저출산 대책과 같이 백약이 무효라면, 기존의 생각을 바꾸는 해적정신이 필요하다. 이 책의 제목이 바로 "지금은 해적시대" 인 이유다.

지방이 살아야 대한민국이 살아난다

일반적으로 사람들은 우리나라 저출산 이유로 일자리, 교육비, 독박 육아, 집값, 보육 시설 등을 탓한다. 하지만 이런 요인들은 지금이 과거보다 훨씬 좋아졌다. 그럼에도 저출산은 심화되고 있다. 왜일까?

세계적인 인구학자 서울대 조영태 교수는 우리나라 저출산의 진짜 이유는 '밀집도' 때문이라고 일갈한다. 젊은이들은 밀집도가 높아져 경쟁이 치열해지면 '재생산' 보다는 '생존' 본능이 커져 결혼과 출산을 미룬다는 것이다.

우리나라의 출산율이 유독 세계에서 가장 낮은 이유도 수도권 밀집 현상 심화로 인해 '상대적인' 밀집도가 높기 때문이라는 것이다. 낙후된 지방 경제 → 지방의 일자리 부족 → 지방 청년들의 도시 유출 → 수도권 과밀 현상 → 출산율 저하 → 우리나라 전체의 저성장 고착화 라는 악순환이 반복되는 것이다.

해적의 눈으로 보면, 낙후된 지방 경제가 살아야 출산율이 높아지고 우리나라가 저성장을 극복할 수 있다. 한국은행에서 지역 경제를 고민했던 필자의 눈으로 보면 더더구나 이것이 정답이다.

경제 칼럼은 재미없다?

36년간 우리나라 경제의 한 축을 담당하는 한국은행에서만 쉼 없이 달려왔다. 커리어의 마지막에는 지역본부장의 중임을 맡아 지방 경제를 고민하였다. 본부장 재임 시절 지역민들과 소통하는 방법으로 신문 칼럼이나 인터뷰, 방송 출연 등을 많이 활용하였다.

이 책은 필자가 지역 본부 재직 시절, 경제 현안 등에 대해 고민하며 썼던 신문 칼럼을 기초로 하고 있다. "경제 칼럼은 재미없다"라는 고정관념을 깨고 싶었다. 소중한 지면을 할애해준 지역 신문에도 맛깔스러운 글로 보답하고 싶었다. 골치 아프고 따분한 경제 현안을 인문학적 재미로 포장하고 싶었다. 덕분에 마니아 독자층도 생겨났다. 필자의 경제 칼럼 내용을 포함하여 경제 현안을 알기 쉽게 설명했던 『지금은 해적시대』라는 강의는 제법 인기가 있어, 많은 기관에서 강의 요청이 있었다.

일회성 칼럼으로 묵혀두기에는 아깝다는 지인들의 격려에 힘입어 부끄럽지만, 책으로 빛을 보게 되었다. 이 자리를 빌어 그동안 귀중한 지면을 할애해준 『광주일보』, 『전남일보』, 『무등일보』, 『금강일보』, 『충청투데이』,『서울신문』등에 감사드린다.

책 말미에는 필자가 가장 행복했던 순간들을 기록한 에세이를 추가하였다. 나의 행복 찾기. 지극히 개인적인 생각으로 소중한 독자들에게 결례를 무릅쓰고 공개한 것은 순전히 필자의 이기심의 발로이다. 부끄러움은 필자의 몫이다. 다만, 지금도 행복해지는 비법을 찾고 계시는 분이라면 참고삼아 일독을 권한다.

이 책의 모태가 되어준 경제 칼럼을 쓸 수 있었던 것은 순전히 36년간 소중한 일터였던 한국은행 덕분이다. 동료, 선후배 직원분들께도 심심한 감사를 표한다.

지금도 항상 일상의 기쁨이 되어주는 콩례와 진, 지민에게 이 책을 바친다.

목차

제2부

**경계는
심리다**

제3부

리스크 관리는
희생하는 것

제4부

나의
행복 찾기

제1부

끄금은 해격시대

해적을 기다리며!

서봉수와 오오다께

1993년 봄, 대만에서는 한국과 일본을 대표하는 두 명의 걸출한 승부사가 19로(路) 반상(盤床)에서 숨 막히는 접전을 펼치고 있었다. 당시로는 어마어마한, 아니 아직까지도 바둑대회 상금으로는 전무후무한 40만 불을 걸고 '바둑 올림픽'으로 불리는 응창기배의 결승 7번기가 벌어지고 있는 것이다.

일본의 오오다께와 한국 서봉수의 결승 맞대결은 한일 양국의 자존심이 걸려 있었고 기풍도 전혀 다르며 객관적인 전력에서 다소 열세였던 서봉수가 예상을 뒤엎고 최종 7국에서 승리하면서 바둑 팬들을 열광의 도가니로 몰고 갔고, 김영삼 대통령도 서봉수를 세계탁구대회 우승자인 현정화 선수와 함께 청와대에 초청했을 정도로 국민적인 관심사가 되었다.

당시 오오다께는 '반상(盤床)의 미학자(美學者)'로 불릴 정도로 기리(棋理)에 어긋나는 수를 결코 두지 않았다. 반면, 서봉수는 별명이 '된장바둑'이었다. 별명에 걸맞게 일본류였던 '정석'이나 '모양'에 얽매이지 않고, 싸움에 유리하다면 어떤 수라고 개의치 않은 자유로운 상상력으로 한국식 '이기는' 바둑을 구사하였다.

실제로 마지막 7번째 승부에서 서봉수는 초반의 열세를 극복하기 위하여 오오다께를 진흙탕 싸움 바둑으로 몰고 갔고 관습 및 모양에 함몰되어 있던 일본류 '아름다운' 바둑에 대역전패의 악몽을 선사한다.

세종대왕과 최만리

600여 년 전으로 거슬러 올라가 보자. 1443년 12월 세종대왕이 널리 백성을 이롭게 한다는 취지로 훈민정음을 창제하시자, 이듬해 2월 당시 최고의 집현전 학사였던 부제학(집현전 책임자) 최만리 등은 상소문을 통해 훈민정음 창제를 극력 반대하게 된다. 상소문에서 주 반대 논리로 "오직 몽골, 여진, 일본 등 오랑캐들만이 제 글자를 갖고 있는데 우리나라가 언문(諺文)을 만들어 중국을 버리고 오랑캐와 같아진다면 소합(蘇合, 인도의 고급 향료)을 버리고 쇠똥구리 환약을 취하는 것"이라고 쓰고 있다.

중국으로부터 수많은 지배와 침범을 받았던 우리 선조들이 중국의 뜻에 벗어난 제도를 만드는 것이 쉽지 않았다. 당연히 중국과의 외교적 우호 관계 유지가 그 무엇보다 중요했을 것이다. 따라서 당시의 시대 상황을 기준으로 판단해보면 최만리의 논리는 어쩌면 가장 무난하고 당연한 결론으로 해석된다.

물론 지금도 상당수 역사학자는 최만리의 실질적인 한글 창제 반대

세종대왕 (©Wikipedia)

이유가 백성들이 이해하기 쉬운 글을 만들 경우 정보 해독 능력을, 자신을 포함한 기득권 집단이 독점할 수 없다는 점을 들고 있다. 이 논리가 사실이라면 최만리에게는 매우 실망스럽다.

실질적인 반대 사유가 무엇이었든지 간에 당시의 기준으로는 최만리의 반대 이유가 매우 보편타당한 것이었음에도 세종대왕께서는 "백성을 편리하게 하려 한다"라는 큰 뜻을 살려 반대자들을 준엄하게 꾸짖고 마침내 세계사에 길이 남을 한글 창제에 성공하게 된다.

스티브 잡스와 해적

이번에는 미국의 캘리포니아로 떠나보자. 1984년 스티브 잡스는 매킨토시 컴퓨터의 개발을 위해 '맥팀'을 구성하면서 팀원들에게 '해군이기보다는 해적이 되라'고 외친다. 실제로 팀이 속한 건물 앞에 해적 깃발을 달면서 매킨토시 개발팀의 해적정신을 대내외에 보여준다.

해군은 잘 훈련된 전력과 일목요연한 매뉴얼을 이용하여 정해진 교전수칙을 지키는 데 비해, 해적은 빈약한 장비와 훈련되지 않은 인력이지만 뚜렷한 목표와 도전 정신(?)으로 무장하고 있다. 교본이 없으니 무한대의 창의성을 발휘하여 무엇인가를 기필코 빼앗고 승리하기 때문에 해군보다는 해적이 되라는 것이다.

매킨토시가 개발되기 이전에 이미 스티브 잡스는 1977년 애플2를 개발하여 1980년대 중반까지 이어지는 개인용 컴퓨터의 중흥기를 이끌고 있었다. 해적정신은 스티브 잡스 스스로 축적했던 애플 2의 성공적 PC시장을 파괴하고 새로운 시장을 창조하겠다는 '창조적 파괴' 정신을 보여주는 대표적인 일화이다. 스티브 잡스는 이 해적정신을 바탕으로 당시로서는 상상하기 힘들었던 그래픽유저인터페이스(GUI)와 마우스를 이용한 PC 개발에 성공하고 세계 IT 업계의 혁신 아이콘으로 존재감을 확실하게 각인시키는 계기를 만든다.

서봉수는 당시 한국의 프로 바둑 기사들에게 필수적으로 여겨졌던 일본 유학은 꿈도 꾸지 못하고 독학으로 바둑을 배워 세계 일인자였던 조훈현에게 단기필마로 대항했던 '잡초'였다. 만일 서봉수가 바둑 선진국 일본 유학을 통하여 잘 정리된 정석 공부를 열심히 했더라면 응창기배에서 오오다께를 꺾고 우승할 수 있었을까? 마지막 7번기 절체절명의 패배 위기에서 승부를 뒤집는 묘수를 발견할 수 있었을까?

세종대왕이 시대 상황에 부합했던 최만리의 상소문에 타협하고 중국의 눈치를 보며 한글 반포를 포기했더라면 과연 후손들이 오늘날의 대한민국을 건설할 수 있었을까? 내가 이렇게 졸필이나마 많은 사람과 동시에 소통할 수 있는 '쉬운' 글을 쓸 상상이나 할 수 있었을까? 필자는 우리 조상들의 수많은 업적 중에서 세종대왕의 한글 창제야말로 가장 자랑할 만한 세계적인 업적이라 생각한다.

혹시 서봉수, 세종대왕은 해적 출신이 아니었을까? 지금이라도 일본의 프로 바둑 기사들에게 해적정신을 교육한다면 일본은 오오다께의 패배 이후 지금까지도 세계 바둑사에서 잊혀진 존재로 쇠락해 버린

뭉개진 자존심을 회복할 수 있을까?

내가 36년간 근무했던 직장은 중앙은행 특유의 보수적이고 잘 짜인 시스템에 의존하며 실수가 용납되지 않는 조직 문화를 가지고 있다. 대부분의 신입 직원이 선발 과정에서부터 학창 시절 '공부'를 가장 잘 했던, 가장 '성실'했던 사람들이 뽑히고 있다. 관리자의 판단과 지시에 순종하고 주어진 일에 관해서는 세상에서 가장 잘 처리하는 '착한' 심성의 소유자들이다.

필자도 서봉수의 족보도 없는 싸움 바둑보다는 오오다께의 아름다운 행마에 더 편안함을 느낀다. 세종대왕의 혁신보다는 최만리의 보수적 위험 회피(risk aversion) 정신을 칭송한다. 괴상하기 이를 데 없는 스티브 잡스의 해적들은 오히려 잘 '훈련된' 해군을 이용해서 때려잡아야 적성이 풀린다고 생각하는 편이다. 그러나 세상은 바뀌고 있다.

중앙은행의 책무가 물가 안정뿐만 아니라 금융 안정까지 확대되고 글로벌 금융 위기를 극복하는 과정에서 전 세계 중앙은행들의 정책 지평이 넓어지고 있다. 우리나라 경제도 세계에서 유례를 찾기 힘든 빠른 저출산과 고령화 속도 등으로 장기 저성장에 시달릴 가능성이 높다. '서봉수'와 '세종대왕'과 '해적'들이 절실히 필요한 이유다.

지방이 살아야 우리가 사는 이유

떨어지는 낙엽만 보고도 깔깔거리던 시절이 있었다. 지나가는 말똥구리의 뒤뚱거리는 모습을 보면 아예 배꼽이 빠졌었다. 설날에나 한 번쯤 얻어 입는 새 옷의 행복 유효기간은 최소 추석 때까지 지속되었다. 쾌락 호르몬 '도파민'이 거침없이 분비되던 필자의 어린 시절 얘기이다.

나이 든 꼰대가 된 필자의 현재 모습은 어떻게 변했을까? 흩날리는 낙엽을 보면 하릴없이 저물어 가는 세월에 대한 아쉬움만 가득하고, 힘들게 낙엽을 치우는 청소 일꾼들의 노고에 가슴 아플 뿐이다. 말똥구리는 왜 더러운 소똥만 먹을까? 하는 쓸데없는 궁금증만 생기고, 새 옷을 사도 명품이 아니면 즐겁지 않고, 명품은 비싸서 화가 난다.

나의 짧은 과학 상식이 맞다면, 인간의 쾌락을 담당하는 호르몬인 도파민은 나이가 들수록 1년에 1%씩 줄어든다. 고령화할수록 여행이나 일상의 즐거움이 사라지고 소비에 대한 욕구가 현저히 줄어든다. 도파민이 자꾸 줄어드니 돈을 써도 행복하지 않다는 뜻이다. 일본이 잃어버린 20년을 겪게 된 가장 큰 이유 중의 하나도 세계 최고 수준의 고령화에 따른 소비 감소에 있었다는 건 주지의 사실이다.

일반적으로 부동산이나 주식 등 보유 자산의 가격이 오르면 소비가 늘어나는 '부의 효과(wealth effect)'가 생긴다. 그러나 최근 우리나라의 경우 자산 가격 상승에 따른 부의 효과가 크지 않은 것으로 알려져 있다. 소비해도 별로 즐겁지 않은 중장년층이 자산의 상당 부분을 보유하고 있으니 그럴 수밖에.

출산율을 높이는 것이 저성장 극복의 열쇠인 이유다. 전라남도의 인구 통계를 보면 기이하다. 전남의 출산율은 광역시도 중 젊은 도시인 세종시 다음으로 높다. 전국 평균보다도 한참 높은 수준이다. 그럼에도 65세 이상 고령 인구 비율은 전국에서 가장 높다. 출산율이 가장 높은데도 불구하고 고령화율이 전국 최고인 희한한 현상은 바로 전남 경제의 현주소를 대변한다. 양질의 일자리가 부족해서 젊은이들이 떠난다는 뜻이다.

인구학자들은 출산율에 가장 큰 영향을 미치는 요소가 '밀집도'라고 한다. 젊은이들은 밀집도가 높아져 경쟁이 치열해지면 '재생산'보다는 '생존' 본능이 커져 결혼과 출산을 미룬다는 것이다. 그렇다면 우리나라의 출산율이 유독 세계에서 가장 낮은 이유는 무엇인가? 전문가들은 우리나라의 '상대적인' 밀집도가 높다는 이유를 들고 있다. 지방의 젊은이들이 수도권으로 몰려들면서 서울, 인천, 경기에 전체인구의 50%가 밀집해 있다 보니 출산율이 세계 최저라는 것이다.

낙후된 지방 경제 → 지방의 일자리 부족 → 지방 청년들의 도시 유

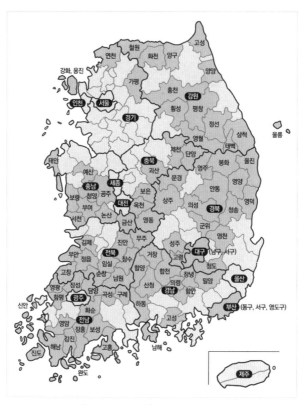

인구감소지역 지정(89개) (ⓒ행정안전부)

출 → 수도권 과밀 현상 → 출산율 저하 → 우리나라 전체의 저성장 고착화라는 악순환이 반복되는 것이다. 낙후된 지방 경제가 살아야 이런 악순환을 극복하고 우리나라 전체가 저성장을 극복할 수 있는 것이다. 정부는 지역 경제 활성화 정책의 목표가 '지역 간 균형 발전'이라는 구식 문법에서 벗어나야 할 때이다.

우리나라 전체 경제의 백년대계를 결정할 출산율 제고를 위해서는 지방 경제 활성화가 필수적임을 명심하라. 정부는 지방 경제 활성화 강력 추진 → 지역 청년들에게 양질의 일자리 제공 → 수도권 청년 과밀 현상 완화 → 출산율 상승 → 우리나라 전체의 저성장 극복이라는 새로운 선순환 구조를 만들어야 한다.

지방이 살아야 우리나라가 사는 이유다.

필자가 지방 경제가 살아야 우리나라가 산다고 주장하게 된 가장 큰 이유는 몇 년 전 세계적인 인구학자 서울대 조영태 교수님의 강의를 듣고 나서부터이다. 당시 교수님은 섬뜩한(?) 통계 수치를 제시하시며 저출산의 심각성을 토로하셨는데 당시 조교수님의 강의 내용을 요약해 소개한다.

유명 인구학자의 가르침

■ 우리나라 저출산의 진짜 이유는 다음과 같다

- 일반적으로 사람들은 우리나라 저출산 이유를 일자리, 교육비, 독박 육아, 집값, 보육 시설 등을 탓하지만, 이런 요인들은 지금이 과거보다 훨씬 좋아졌다.

- 저출산의 진짜 이유는 '밀도' 때문이다
  - 인간의 본성은 '생존'과 '재생산' 본능이 있는데, 밀도가 높아지면 생존 본능이 재생산 본능보다 높아지게 된다. 이 논리는 2007년 미시간주립대와 애리조나주립대의 공동 연구 결과이다. '밀도'가 높아지면 생존 본능으로 인하여 자기 자신의 미래

와 자기계발에만 더 많은 에너지를 쏟고 자녀도 적게 낳는 미래지향적 판단을 하게 된다. 즉, 생존 본능이 재생산 본능을 앞지른다. 반면 과거 우리나라처럼 '밀도'가 낮을 경우, 현재에 초점을 두고 일찍 번식해서 후손을 많이 낳지만, 딱히 자식이나 자신의 미래에는 투자하지 않는다. 즉, 재생산 본능이 생존 본능을 앞지른다.

- 우리나라는 인구밀도 자체가 높은데다 젊은이들이 주로 서울로만 몰리다 보니 '심리적인' 밀도가 세계에서 가장 높은 수준이다.

- 또한 우리나라는 베이비부머 세대가 대부분 조직의 상위층을 역피라미드 형태로 차지하고 있어, 젊은 세대의 심리적 밀도를 더욱 높이고 있는 상황이다.

▪ 따라서 저출산을 완화하기 위해서는 수도권 밀집 현상, 특히 대학의 수도권 집중현상을 해소하여야 한다.

▪ 미래의 인구 구조는 거의 정확하게 예측이 가능하므로 인구 구조를 감안하여 투자 행위, 기업 활동, 교육, 행정 등의 변화가 이뤄져야 하지만, 우리나라는 아직 실질적인 대비가 부족하다고

판단되므로 개인(기업)들이라도 빨리 준비하여야 한다. 예를 들어 우리보다 훨씬 출산율이 높은 베트남도 벌써 이러한 대비를 시작하였다.

■ 저출산 고령화와 관련된 주요 연표를 보자
- 2021년 : 80세 인구 200만 명 돌파, 실버산업 융성이 시작된다.
- 2022년 : 출생아 수 25만 명(과거 58년 개띠부터 1971년생까지 출생아 수는 거의 매년 100만 명이었다.)
- 2023년 : 18세 대학 진학 예정 인구가 42만 명으로 대학 정원이 52만 명이니 어지간한 대학교는 원서만 내면 합격한다.
- 2027년 : 주요 백화점 고객인 현 50대 여성의 고령화로 지방 백화점 중심으로 몰락할 위험이 크다.
- 2040년 : 대한민국 인구가 4,700만으로 쪼그라든다.
- 2050년부터 : 매년 제주도 인구(64만)만큼 줄어든다.

금고가 무슨 소용이랴?

10여 년 전 필자가 외환 보유액 운용 업무에 전념하던 시절에 들었던 웃픈 이야기를 소개한다. 세계적인 투자 은행 노무라 증권의 투자 전략가와의 회의 석상에서 필자가 물었다.

"일본은 왜 지난 20년, 아니 30년 동안 경제 성장이 정체되어 있나요?"

물론 일본 경제의 잃어버린 20년의 교과서적 원인은 우리 모두가 잘 알고 있다.

1980년대 미국의 무역 적자를 해소하기 위하여, 1985년 뉴욕의 플라자호텔에서 미국 영국과 프랑스, 서독, 일본 등 주요국들이 달러화 약세와 엔화 강세를 유도하기로 하는 이른바 '플라자합의'를 선언한다. 그 이후 엔화는 달러화에 대한 2배 가까운 폭등세를 보였다.

엔화 강세 및 경기 침체에 대응하기 위하여 일본 정책 당국은 초완화적 통화 정책, 즉 정책 금리를 크게 낮추는 정책 미스를 범하게 된다. 일본 국민은 갑자기 부자가 된 기분에 부동산 주식 등에 투기적인 사재기를 하면서 자산 가격이 급등하게 된다. 1990년대 초 버블이 꺼지기 직전 동경 땅을 팔면 미국 전체를 살 수 있었고 하와이는 거의 일본 복부인들이 차지한다.

산이 높으면 골도 깊은 법, 1990년대 초부터 부동산과 주식 버블이 동시에 꺼지기 시작하였고, 1995년 고베 대지진은 불난 데 부채질 격으로 일본 경제를 차갑게 냉각시켰다. 이후 30여 년간 백약이 무효일 정도로 일본은 장기 침체에 시달린다.

필자가 노무라 증권에 물었던 질문의 이유는 일본의 잃어버린 30년의 이유와 그 어려움을 극복하기 위해 취해진 백약이 왜 무효였는지에 대해 교과서적인 답변보다는 일본인들이 느끼는 생생한 감정이 궁금했던 것이다.

노무라 투자 전략가는 필자의 질문에 답변 대신 지난 2011년 동일본 대지진 당시의 쓰나미 영상을 상기시켰다. 당시 후쿠시마 지역에서 발생한 대지진 직후 발생한 쓰나미는 집, 자동차, 전봇대 등 세상의 모든 것을 집어삼키고 있었다. 눈썰미가 좋은 사람에게는 파도에 휩쓸려 가는 물건 중 '소형 금고'도 보았을 것이다.

일본의 가정에는 소형 금고가 많다. 왜일까? 금고와 일본 경제의 잃어버린 30년과는 어떤 연관성이 있나? 나의 궁금증에 노무라 증권은 다음과 같이 설명해주었다.

전술한 대로 플라자합의(1985년) 이후 일본은 초완화적인 통화 정책, 즉 제로 금리 정책을 오랫동안 이어갔다. 일본 국민은 현금을 은행에 예치할 필요가 없었다. 예금이자도 안 주는데 굳이 은행에 예치할 경우 소득이 노출되고 예치 수수료를 부담하는 불이익을 감수하기 싫었던 것이다. 그래서 많은 가정에서는 금고에 현금을 저장하게 되었다. 그런데 여기서 웃픈 반전이 일어난다.

금고에 현금을 두둑이 저장해 두었지만, 소비는 침체되었다. 일본은 베이비부머 세대(단카이 세대라고 한다)를 중심으로 고령화가 급속히 진행되었고, 장수에 대한 부담감과 고령자 특유의 낮은 소비 성향으로 현금을 금고에 쌓아 두기만 할 뿐 소비하지 않은 것이다. 달도 차면 기우는 법, 90세가 넘어간 고령자들은 자식들에게 현금이 가득 들어있는 금고를 자랑스럽게 증여하였다.

"아이야! 이 금고에는 아빠가 그동안 너희들을 위해 피땀 흘려 모아둔 현금이 가득하단다. 난 이제 늙어 저세상에 가야 하니 이 금고를 가져가려무나."

현금 보따리를 금고째 증여받은 자식들은 어떤 반응이었을까? 예상대로 감사하고 횡재한 기분이었을까?

안타깝게도 금고를 증여받은 자식들의 나이가 이미 칠순에 접어들었다. 자식 역시 행복 호르몬 도파민이 바닥난 상태로 소비의 즐거움이 사라진 지 오래인 것이다. 증여받은 자녀, 아니 조금 덜 늙으신 자녀 어르신들은 무거운 금고를 끙끙거리며 집으로 옮겨왔을 뿐이다.

일본 경제를 살려줄 소비와 무관한 현금의 장소적 이동이 있었을 뿐, 금고는 또다시 금고인 채로 손자에게 전달될 것이다. 일본의 정책 당국은 장기 침체를 극복하기 위하여 할 수 있는 모든 것을 하였지만 고령화 사회의 소비 의욕 감소를 극복하지 못하고 지난 30년간 제로 성장에 시달린 것이다.

나중에 설명하겠지만 지금 우리나라의 경제 상황과 1990년대 일본의 상황이 많이 달라 우리가 일본의 사례를 그대로 답습하지 않을 가능성도 있다. 하지만 곧 닥칠 초고령화 사회의 소비침체는 명약관화하며, 가장 쉽게 예측이 가능한 경제 현상이기도 하다. 현금이 가득 들어 있는 금고가 있으면 무엇하랴? 소비할 수 있는 젊은 세대가 없다면 결과는 불 보듯 뻔하다.

일본의 단카이 세대

일본도 우리와 같은 전후 베이비부머 세대가 있다. 우리나라의 베이비부머는 한국 전쟁 이후 태어난 1955년에서 1963년에 태어난 세대를 말한다. 당시 매년 100만 명 가까운 신생아가 태어났었다(2022년엔 25만 명에 불과하다).

그런데 일본은 제2차 세계 대전 이후 태어난 1947년생부터 1949년생을 베이비붐 세대(일본에서는 이를 단카이 세대라 부른다)라 부르는데 연간 250만 명 정도가 태어났다.

단카이 세대의 고령화가 본격화되면서 일본은 우리나라보다 10여 년 빠르게 초고령화 사회로 접어들었고, 일본 경제의 장기 침체 원인 중 하나가 되었다.

레옹과 마틸다

몇 년 전 모 방송사 예능프로에서 유명 코미디언과 가수가 1990년대 중반 개봉했던 「레옹」의 남녀 주인공인 레옹과 마틸다로 분장하여 발표한 곡이 음원 차트를 싹쓸이하는 등 공전의 히트를 기록하는 것을 보면서, 새삼 20여 년 전 추억의 영화 「레옹」의 한 장면을 떠올리고 엉뚱한 상념에 잠겼다.

검정 빵모자를 눌러쓴 중년의 킬러 레옹과 체구가 레옹의 절반밖에 안 되는 단발머리 소녀 마틸다가 무표정하게 길거리를 걷고 있는데, 마틸다의 손에는 레옹의 유일한 살림살이였던 작은 화분이 들려져 있던 장면이 아직도 눈에 선하다. 뤽베송 감독이 전하고자 했던 영화의 메시지가 정확히 무엇이었는지는 기억이 잘 나지 않는다. 그럼에도 도저히 어울릴 것 같지 않은 메마른 감성의 중년 킬러와 열두 살 소녀의 목숨을 건 사랑 이야기는 오랜 시간이 지난 지금에도 가슴 아린 슬픈 기억으로 남아있다.

다소 한가한 상상일지 모르지만 만일 영화 「레옹」이 지금 개봉된다면, 우리나라 젊은 세대들의 공감을 얻을 수 있었을까? 아마도 많은 사람이 말도 안 되는 설정이라고, 현실에서 있을 수 없는 영화에서나 가

Gambriel Illustration – LEON(the professional) Poster
(©malawihcmz)

능한 삼류 신파조 영화라고 폄하했을 수도 있을 것 같다. 긴 인생을 같이 해야 할 배우자를 일시적이고 유치한 감상에 젖어 고를 수는 없다고…. 배우자의 경제적 능력, 사회적 지위, 외모, 심지어는 할아버지의 재력까지도 따져봐야 하는 것 아니냐고….

  필자와 같은 올드보이들이 연애하고 결혼했던 시절에는 사랑과 결혼 상대자를 고르는 과정에서 그다지 '따지지' 않았던 것 같다. 직장이나 생활 터전 주변에서 만나는 짧고 우연한 인연에도 별다른 이유 없이 그냥 좋으면 사랑하고 결혼했으며, 자세히 따져보지 않은 죗값(?)으로 결혼 후 서로의 성격과 문화를 맞추어 가는 과정에서 많이 싸우지만, 미운 정까지 느껴가며 그럭저럭 행복한 가정을 이룰 수 있었다.

  중국의 고속 성장 엔진이 식으면서 수출이 급감하고, 성장 모멘텀 약화 등으로 잠재 성장률이 낮아지고 있으며, 청년 실업, 가계 부채 등 산적한 문제를 앞에 두고 한가한 영화나 사랑 타령이나 하고 있을 때냐고 비난받을 수도 있겠다.

  그러나 우리나라의 성장 잠재력이 떨어진 가장 큰 이유 중의 하나가 국내 총생산의 50% 수준을 차지하는 민간 소비 증가율이 고작 1%대에 머물고 있기 때문이고, 민간 소비가 약한 것은 상당 부분 전 세계적으로 유례를 찾기 힘든 빠른 고령화 속도와 낮은 출산율 때문이라면 얘기는 달라진다. 나이가 들수록 꼭 필요한 합리적인 소비만을 추구하고 소비의 효용도 줄어드는 것이 자연스러운 현상인 데다, 경제 활동을 하지 않음에 따라 미래에 대한 불안감으로 소비를 이연하게 된다. 즉, 출산율이 획기적으로 개선되지 않는 한 우리나라의 경제는 과거의 역동성을 되찾기가 쉽지 않다는 것이다. 물론 거대한 중국 소비시장이 대안이 될 수는 있겠지만, 요즘과 같이 신창타이로 이행하는 과정에서 대중 의존도가 높은 나라의 타격이 커진 것처럼 대외 환경 변화에 따른 변동성이 너무 커질 우려가 있다.

우리나라의 출산율이 낮은 것은 상당 부분 주변에서 쉽게 만날 수 있는 결혼 적령기를 넘긴 수많은 청년들 때문이기도 하지만, 취업에 저당 잡힌 이른바 오포 세대의 눈물을 닦아주지는 못할망정 그들의 만혼 문화를 탓하고 싶지는 않다. 국가 경제의 미래를 위해서, 출산율을 높이려고, 젊은이들의 개인 행복 추구권과 자유 의지를 무시하고 대책 없이 결혼이나 빨리하라는 말은 필자와 같은 기성세대가 오히려 삼가야 할 망언일 뿐이다.

레옹이 마틸다를 사랑할 때 필요한 살림살이는 언제나 분신처럼 가지고 다니던 작은 칼라데아 화분 한 개면 족했다. 필자가 결혼하던 시절 나를 포함한 많은 친구가 작은 단칸방에서도 행복했던 것처럼 말이다. 물론 그 시절 젊은이들에겐 '희망'이라는 밝은 에너지가 함께 했다. 고도 성장기에 일자리는 넘쳤고 비정규직이라는 용어조차 없었으며, 내 집 마련이라는 꿈에 항상 부풀어 있었다. 그래서 사랑하고 결혼

할 때 꼼꼼히 '따질' 필요가 없었고, 어쩌다 30세가 넘어가면 무조건 노총각이라는 놀림을 받아야 했던 시절이었다.

필자의 결론은 우리나라 청년들이 마틸다같이 귀엽고 사랑스러운 여인을 만나면 경제적인 환경이나 미래에 대한 두려움 따위를 따지지 않고 언제든지 사랑하고 결혼하고 출산하고 싶은 환경을 정부와 기득권을 가진 기성세대가 만들어 주어야 한다는 것이다.

당장 눈에 보이는 단기적인 성과에 연연하는 경제 정책보다는 중장기적으로 지속 가능한 성장이 가능하도록 세계 최저 수준의 출산율을 높이는 획기적인 대책을 고민하고, 필요한 지원을 아끼지 않아야 할 것이다.

고향의 향기

30년, 강산이 세 번 바뀌고서야 고향에 돌아왔다. 내 기억 속 광주는 1980년대 후반에 멈춰 있다. 모교 캠퍼스는 메케한 최루가스 속에서도 청춘의 로맨스와 열정적인 놀이문화가 공존했었다. 오전 수업이 끝나면 캠퍼스에 상주하는 전투 경찰의 속칭 '지랄탄'과 독재 정권에 항거하는 학생들의 '돌팔매질'이 어김없이 일합을 겨루고 나서야 비로소 각자의 생활이 시작되었다.

눈물 콧물 범벅된 허연 최루가루를 대충 털고 최신 나팔바지 패션으로 충장로 길모퉁이 다방에서 그녀를 만나 달달한 다방 커피와 함께 현란했던 돌팔매질 무용담을 떠벌렸다. 미팅에 실패한 솔로남들은 당시 최고의 인기 놀이였던 당구장에서 몇 푼 안 되는 용돈의 대부분을 탕진했다. 리포트가 밀린 일부 몰지각한(?) 학생들만이 도서관에서 잠깐이나마 학생의 본분을 지켰었다.

1980년대 중반 이후 3저 현상(저달러, 저물가, 저금리)에 따른 슈퍼 호황에 힘입어 광주에서도 취직이나 우리 경제의 미래에 대한 걱정은 별 논의의 대상이 되지 못했고 민주화에 대한 열망만이 젊은이들의 관심사였다. 이렇듯 낭만과 즐거움이 가득했던 고향의 향기를 기대하며 30년 만에 한국은행 광주전남본부장으로 돌아왔다. 부임한 지 이제 3주, 부임 인사차 언론계, 학계, 유관 기관의 기관장님 들을 비롯한 많은 오피니언 리더를 만났다. 아! 그런데 광주는 내 기억의 저편 고향의 향기와는 사뭇 변해 있었다. 만났던 모든 분이 한결같이 낙후된 지역 경제에 대한 어려움을 토로하였고 현재보다 더 암울한 미래를 걱정하고 있었다.

우리 본부가 발간한 보고서에도 우울한 숫자가 가득했다. 전국 평균의 70%에 불과한 광주의 1인당 GRDP, 광역시 중 가장 낮은 청년 경제 활동 참가율(40.1%), 비경제 활동인구 중 취업 준비자의 비중(5.4%)은 광역시 중 가장 높은 수준, 서비스업 노동생산성도 광역시 중 최저 수준, 광역시 중 가장 높은 비정규직 비중(37.0%), 가구당 평균 자산도 광역시 중 최하위, 재정 자립도(49.2%) 광역시 중 최하위.

이를 어찌할 것인가? 비장함까지 느껴졌던 지역 오피니언 리더들의 지역 경제에 대한 걱정은 너무도 당연한 것 아닌가? 순간 머릿속에서는 젊음의 낭만과 생동감이 넘쳤던 과거의 광주 모습은 하얗게 지워지고, 마크 파버, 스티브 로치, 루비니 교수 같은 월가의 대표적인 닥터 둠(경제 비관론자)들의 조롱만이 가득했다.

'이 지경인데 도대체 앞으로는 어찌할 건데?', '고령화로 전국에서 가장 빠른 속도로 감소하는 전남의 농가 인구를 보고도 희망을 꿈꾸나?', '미국 정부가 수입 자동차에 대해 25% 관세 부과 방안을 검토하고 있고 광주 기아자동차의 대미 수출 비중이 50%인데 대책은 뭐지?', '금호타이어는 중국의 더블스타를 새 주인으로 맞았지만, 아직도 생산 물량 부족에 허덕이고 있고', '수주 부진으로 일감이 턱없이 부족한 조선업체들은?'

그만! 알았으니, 그만 비웃으라고! 도통 비관적인 리포트 밖에 쓸 줄 모르는 월가의 염세주의자들아! 광주를 만만하게 보지 마세요. 서브프라임 위기에 맥없이 무너졌던 당신들 나라와는 다르다우.

광주로 말할 것 같으면 5·18민주화운동의 성지인 정의로운 의향이요, 전국의 미식가들이 부러워하는 미향이며, 세계적인 광주비엔날레를 개최하고 국립 아시아문화전당이 소재하는 예향 아니겠소? 11번 우승의 최강 기아타이거즈의 고향 광주가 이 정도 어려움을 극복하는 것은 일도 아니오.

에라 모르겠다. 일단 허풍으로라도 비관론자들을 물리치고는 피그말리온 효과나 노려보자는 절박한 심정으로 희망을 찾아보기로 했다.

웬걸! 어려운 경제 상황과 무관하게 광주·전남은 꿈에 부풀어 있었다. 나주 혁신 도시 주변으로 에너지밸리가 조성 중이고, 현대자동차와 합작 법인 형식으로 추진 중인 '광주형 일자리 모델'은 정부의 일자리 정책 모델로 자리매김할 태세다. 전국 2위의 귀농 인구를 활용한 6차산업 활성화, KTX 호남선 개통을 계기로 2,200여 개의 섬과 아름다운 해안선을 활용한 관광 굴기를 꿈꾸고 있다. 아시아문화전당은 한국의 퐁피두센터가 되려는 야심에 불타고….

그럼 그렇지! 무등산 호랑이의 기상은 살아 있었다. 민선 지자체의 의욕적인 리더십과 시·도민들의 노력이 어우러진다면 지금의 어려움은 극복할 수 있을 거라는 희망이 다시 생겼다. 전라도 정도(定道) 천년 째인 올해를 계기로 내 기억 속 활기찼던 고향의 향기가 되살아나고 지역민의 자긍심이 회복되길 기원한다.

아마존 포비아

19세기 초 영국이다. 제임스 와트가 증기 기관을 발명하고 증기 기관을 이용한 방직 기계가 등장하면서 당시까지 수공업 형태로 면직물을 생산하던 숙련공들의 일자리가 저임금 비숙련공으로 대체된다. 1차 산업혁명이 시작된 것이다. 숙련공들은 자신들의 일자리를 빼앗아 간 방직 기계를 때려 부수는, 이른바 '러다이트(Luddite)' 운동을 벌이게 된다. 최초의 노동 운동이라는 의미가 있기는 하지만 지금 생각해 보면 기계가 가져다주는 획기적인 생산성 제고라는 시대적 흐름을 역행한 다소 황당한 사건이다.

1차는 예고편에 불과하다. 진짜 황당한 사건은 2차 산업혁명과 함께 등장한다. 이번에도 배경은 산업혁명의 발상지인 영국이다. 19세기 후반 자동차가 발명되자 자동차는 도심에서 시속 3㎞ 이상으로 속도를 낼 수 없으며 자동차 50m 앞에서 붉은 깃발을 든 세 사람이 걸어가면서 자동차가 온다는 것을 알리도록 해야 한다는 이른바 '붉은 깃발법'이다. 왜 하필 3km인가. 당시 마차의 속도 때문이다. 자동차가 너무 빨리 달려버리면 마차는 필요 없어질 것이기 때문이다. 시속

3km의 초저속 자동차 앞에 왜 붉은 깃발을 든 사람이 필요할까. 자동차가 많이 팔리면 마부가 일자리를 잃을 것이고 실직한 마부를 자동차 소유자가 고용하라는 것이다.

과거 정부가 낡은 규제에 대해 언급하면서 화제가 되기도 했던 이 법은 지금 기준으로 보면 황당함을 넘어 우스꽝스럽기까지 하다. 물론 당시 마차 위주의 도로에서 자동차가 고속 주행을 하기에는 부적합한 측면도 있었겠으나, 마차와 마부들의 직업을 보호하려는 조치였다는 것이 정설이다. 이 법 때문에 영국의 자동차 산업은 주변국들보다 뒤처지고 말았다는 일부의 주장도 충분히 일리가 있다.

그렇다면 바야흐로 4차 산업혁명 시대에 살고 있는 지금 우리는 러다이트 운동이나 붉은 깃발법에 버금가는 황당한 우를 범하고 있지는 않은가? 필시 먼 훗날 미래 세대를 웃기게 만드는 수많은 시행착오를 하고 있을 것이다. 필자는 그중 한 가지만 언급하고자 한다.

아마존 포비아(Amazon-phobia)는 인터넷 상거래로 전 세계 유통업체들을 공포에 몰아넣고 있는 아마존을 빗대어 만든 신조어다. 2008년 글로벌 금융 위기 이후 유래를 찾기 힘든 완화적 통화 정책 등으로 고용 및 경기회복세가 뚜렷했음에도 불구하고 물가가 오르지 않은 이유도 아마존 등 유통업체들이 온라인 상거래를 통하여 상품의 유통가격을 낮게 유지할 수 있었던 데에 기인한다. 이른바 아마존 효과(Amazon effect)다.

아마존 포비아(Amazon-phobia)

이렇듯 전 세계적인 유통 공룡 등을 중심으로 인터넷 상거래가 급속도로 확산되고 있는데도 유독 우리나라는 아직도 오프라인 도소매업 등을 영위하는 영세 자영업자가 680만 명에 달한다. 자영업자 비율이 전체 취업자의 25%에 육박하여 미국(6%), 일본(10%)뿐만 아니라 OECD 국가 평균(약 10%)보다 월등히 높은 수준이다. 특히 제조업 기반이 취약한 광주·전남지역은 우리나라 타 지역에 비해서도 도소매, 음식·숙박업 등 전통 서비스업 비중이 높은 편이다.

머지않은 미래의 우리 후손들은 디지털 기술이 초래한 온라인 쇼핑 대세에 적응하지 못하고 오프라인 매장을 오래도록 유지했던 선조들을 비웃을 것이다. "과거에는 집 밖에 나가기만 하면 오프라인 소매 매장이 깔려 있었다"는 사실을 러다이트운동이나 붉은 깃발법에 이은 황당 사건 3호쯤으로 여길지도 모른다.

물론 비가 오는데 우산을 뺏으면 안 된다. 현재 극도로 어려움에 처한 소상공인 등 자영업자들은 적극적인 금융, 세제 혜택, 노란우산공제 사업 등을 통하여 연착륙할 수 있도록 도와주어야 한다. 하지만 베이비부머 은퇴자 등 전통 서비스 자영업에 새롭게 진출하려는 국민에게는 우산을 씌워주기 이전에 "비가 올 거라는, 아니 폭우가 예상되니 외출을 자제하라"는 메시지를 먼저 전달할 필요가 있다.

예를 들어 인터넷 사이트 중 소상공인들의 업종별 상권 분석을 지역별로 상세히 해주는 곳도 많다. 특정 지역에 자영업을 창업하고 싶다면 그 지역에 현재 운영 중인 동일 업종의 신용카드 매출액 등을 상세히 확인할 수 있다. 다른 지역과 비교도 가능하다.

은퇴를 앞둔 직장인 중 자영업을 시작하고 싶은 사람도 많을 것이다. 그런 사람들에게 지역별 상권 분석 정보는 매우 유용하게 활용될 수 있다. 정책 당국에서 적극적으로 안내하여 퇴직금을 아마존 포비아의 희생양이 되지 않도록 해야 한다. 더구나 우리는 지난 30년간 약 150만 명의 소상공인이 줄어들었던 일본의 사례도 보지 않았는가?

역사가 증명하고 있고 주변국의 사례도 있다면 너무나 예상하기 쉬운 문제이다. 쉬운 문제를 놓치는 우를 범해 후손들에게 조롱거리가 되면 안 될 일이다.

이세돌이 남긴 숙제

　우리 지역 신안 비금도가 배출한, 한때 세계 최강으로 군림했던 천재 바둑 기사 이세돌이 몇 년 전 승부의 세계를 떠났다. 바둑 팬의 한 사람으로서 아쉽기 그지없다. 이세돌이 누군가? 19로의 바둑판에서 신출귀몰(神出鬼沒)한 살수와 천변만화(千變萬化)의 전략으로 이창호, 구리 등 당대 극강의 고수들을 날려버리며, 상금으로만 연간 10억 이상을 벌고, 국제 대회 18번 우승의 금자탑을 쌓았던 선수다. 무한대의 상상력 때문에 도통 다음 수를 예측하기 어려워 바둑 해설가들이 가장 싫어하는(?) 기사이기도 하였다.

　2016년 3월, 우리의 영웅 이세돌은 '알파고'라는 듣보잡 컴퓨터에 무참히 패배하며 필자를 포함한 전 세계 바둑 팬들을 충격과 공포로 몰아넣었었다. 19로의 바둑판에서 벌어지는 전략의 수는 자그마치 361!(팩토리얼)로 우주에 존재하는 원소의 수보다 많아서, 컴퓨터가 극복할 수 없는 마지막 인간의 영역으로 자부해 왔는데, 초보 인공 지능에 최강의 인간 기사가 무너진 것이다.

　그 후 3년, 무엇이 변했나? 알파고는 바둑계에서 은퇴하였고, 이세돌도 승부의 세계를 떠나려 한다. 똑같은 은퇴지만 사유는 정반대이다. 알파고는 진화를 거듭하여 더 이상 겨룰 바둑 상대가 없어서였고, 어느덧 30대 후반에 접어든 이세돌은 가장 인간답게도 젊은 후배기사들을 이길 수 없어서였다.

바둑계에 가장 큰 영향을 미친 두 영웅은 치열한 승부의 세계에서 사라져가지만, 이들이 일으킨 나비효과는 바야흐로 인류의 미래를 송두리째 변화시킬 것이 분명하다. 몇 년 전 소프트뱅크의 손정의 사장도 우리나라 대통령을 만나 첫째도 둘째도 셋째도 인공 지능에 투자하라고 조언하지 않았는가?

이런 측면에서 광주시가 첨단3지구에 야심 차게 추진 중인 인공 지능 집적단지 사업은 이세돌과 알파고가 남긴 숙제의 첫 단추를 끼우는 커다란 의미가 있다. 사업 계획도 치밀하고 용의주도하다. 광주가 3대 주력 산업으로 육성 중인 자동차, 에너지, 헬스케어를 연계하는 인공 지능 생태계를 조성한다는 전략 아래 집적단지 인프라를 조성하고 인공 지능 창업을 지원하며 인공 지능 연계 연구 개발 사업을 추진하기로 한 것이다.

특히 2024년까지 향후 5년간의 총사업비(4,061억 원)가 예비 타당성 면제 사업으로 선정됨에 따라 더욱 탄력을 받을 수 있게 되었다. 일반적으로 대부분의 지자체들은 예타 면제 사업으로 도로, 철도, 물류망 등 SOC 사업을 신청한다. 그럼에도 광주시는 관행을 깨고 인공 지능 집적단지 사업을 예타 면제 사업으로 신청함으로써 미래 먹거리가 될

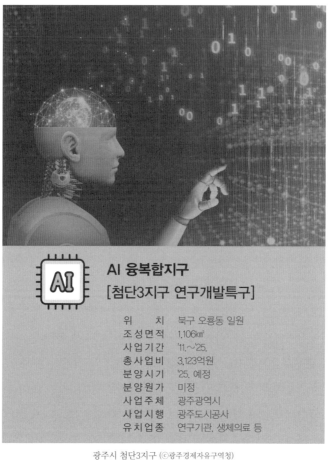

AI 융복합지구

[첨단3지구 연구개발특구]

위　　　치	북구 오룡동 일원
조 성 면 적	1,106㎢
사 업 기 간	'11.~'25.
총 사 업 비	3,123억원
분 양 시 기	'25. 예정
분 양 원 가	미정
사 업 주 체	광주광역시
사 업 시 행	광주도시공사
유 치 업 종	연구기관, 생체의료 등

광주시 첨단3지구 (©광주경제자유구역청)

인공 지능 선도도시로의 목표 설정을 분명히 한 것은 칭찬받아 마땅하다.

그동안 인류 문명을 획기적으로 변화시켰던 산업혁명은 '기술 혁신' 때문이었다. 증기 기관이 생산의 기계화를 일으켰던 1차 혁명, 헨리 포드가 자동차 조립 생산으로 대량 생산을 가능케 했던 2차 혁명, 전자 기기 및 인터넷 혁명으로 지칭되는 3차 산업혁명 모두 기술의 진보에 기인한 바 크다. 그러나 인공 지능, 바이오 공학, 사물 인터넷 등이 주도할 4차 산업혁명은 '기술 혁신'보다는 '제도 혁명'이 주도할 가능성이 높다. 4차 혁명에 필요한 컴퓨팅 기술은 대부분의 나라 기업이 큰 차이가 없다. 어느 나라의 정부와 지자체 등이 관련 규제를 최소화하고 제도적인 지원을 빨리 효율적으로 하느냐가 승부가 될 것이다.

3년 전 이세돌을 무너뜨렸던 알파고 정도의 바둑 인공 지능 프로그램은 우리나라 기업들도 이미 출시하고 있을 정도로 선진국과의 기술 격차는 크지 않다. 기술은 걱정하지 마시라. 규제 최소화 등 '제도 혁명'을 통해서 4차 산업혁명을 주도하라! 이것이 은퇴를 앞둔 나의 영웅 이세돌이 남긴 숙제이다.

2016년 이세돌과 알파고의 대결이 뉴스에 회자되던 시기에 동네에서 바둑 좀 둔다는 필자가 신문에 기고한 칼럼을 소개한다. 인공지능의 무서움을 아직 잘 모르던 필자였다. 무식하면 용감하다는 세간의 욕을 들어 마땅하다. 나중에 승부의 결과를 보고 얼마나 섬찟했을지 상상해보라. 지금도 무섭다.

361!(팩토리얼)

아주 쉬운 수학 문제를 한번 풀어보자.

361!(팩토리얼) = $361 \times 360 \times 359 \times 358 \times \cdots \times 4 \times 3 \times 2 \times 1$ = ???

문제는 쉬운데 답을 쓸 수가 없다. 답이 너무너무 큰 숫자이기 때문이다. 이는 바로 19로의 마술사로 불리는 바둑 게임 전략의 경우의 수이다. 가로세로 19개의 줄이 교차한 361개의 점을 이용하여 상대방보다 많은 집(영토)을 차지하면 이기는 단순한 게임이지만, 그 전략의 수는 361!(팩토리얼)로 지구상에 존재하는 원자의 수보다 다양하다.

바둑은 중국 전설 속의 왕인 요(堯)임금 시절부터 유래하니 자그마치 5천 년의 역사를 갖고 있다. 바둑 매니아인 필자가 단언컨대,

그동안 두어진 수억만 건의 바둑 게임 중 똑같은 경우는 한 번도 없었고 앞으로도 있을 수 없다. 그동안 수많은 천재 컴퓨터 프로그래머들이 도전했지만, 프로 바둑 선수를 이기지 못한 이유다.

이미 1997년에 딥 블루라는 프로그램이 서양의 대표적 두뇌 게임인 체스 세계 챔피언을 꺾었지만, 바둑인들은 바둑이야말로 컴퓨터가 넘볼 수 없는 마지막 미지의 인간 영역이라고 자부해 왔다. 그런데 감히(?) 구글의 딥마인드가 만든 인공 지능 알파고가 도전장을 던졌다. 알파고가 지목한 상대는 어이없게도 이세돌! 이세돌이 누구인가? 바둑 팬들에게 신으로 추앙받는 세계 최강 바둑 기사가 아닌가?

19로의 마술 바둑판에서 신출귀몰(神出鬼沒)한 살수와 천변만화(千變萬化)의 전략으로 이창호, 구리 등 극강의 고수들을 날려버리며, 상금으로만 연간 10억 이상을 벌어들이는 선수다. 무한대의 상상력 때문에 도통 다음 수를 예측하기 어려워 바둑 해설가들이 가장 싫어하는 기사이기도 하다. 이런 인간계 최강 이세돌에게 구글이 12억 원의 상금을 걸고 오는 3월 서울에서 한판 붙자고 한다.

많은 언론에서는 건곤일척 세기의 대결이라고 호들갑을 떨지만, 동네에서 바둑 좀 둔다고 자부하는 필자가 판단하건대 승부가 빤한 골리앗과 다윗의 싸움이기에, 승부의 결과를 예측해보는 시간 낭비를 하고 싶지는 않다. 그럼에도 필자는 이 소식을 접하고 소스

라치게 놀랐다. 아니, 무서웠다.

필자가 새삼 깜짝 놀란 이유는, 첫째는 인공 지능이 생각보다 너무
나 빠른 속도로 우리 곁에 다가오고 있다는 사실이요, 두 번째는
필자가 인공 지능을 단순히 생활을 좀 더 편리하게 하는 도구 정도
로만 인식하고 있었다는 과오 때문이다.

인공 지능은 자율주행 자동차, 가상 비서, 투자 프로그램, 드론 등
이미 우리 실생활 속에 깊이 자리하고 있다. 자동차는 자율 주행의
편리함에 그치지 않고 멀지 않은 장래에는 모든 운전 행위는 인공
지능이 담당하고, 교통사고 우려가 높은 '인간들의 운전 행위는 불
법'이 되는 재미없는(?) 세상이 올 수 있다고 한다. 인공 지능 로봇
이 어느 날 주인을 공격하기도 하고, 인간에게 사랑을 고백하기도
하는 공상 영화가 현실이 될 수도 있다.

전문가들은 가까운 미래에 4차 산업혁명이 도래할 것이라고 한다.
4차 혁명은 증기 기관이 생산의 기계화를 일으켰던 1차나, 헨리 포
드가 자동차 조립생산으로 대량 생산을 가능케 했던 2차 혁명, 전
자 기기 및 인터넷 혁명으로 지칭되는 3차 산업혁명 때와는 전혀
다른 미증유(未曾有)의 시대일 것이다.

4차 산업혁명은 인공 지능이나 사물 인터넷, 바이오 공학 등이 주
도할 것이라고 한다. 인터넷 혁명을 등에 업고 선진국 문턱까지 다
다른 우리나라가 4차 산업혁명에는 잘 대비하고 있는가? 안타깝

지만 아직 우리나라는 인공 지능 등의 산업화에 경쟁국보다 상당히 뒤쳐져 있는 것이 현실이다.

발상의 전환이 필요하다. "자동차를 누구나 타고 다닐 수 있는 말(馬) 없는 마차로 만들겠다."는 헨리 포드의 생각은 20세기 초 당시만 해도 말도 안 되는 생각으로 놀림 받았었다. 아인슈타인은 "상상은 지식보다 중요하다."고 했다. 그런데 지식을 마스터한 컴퓨터가 이제 인간의 영역인 상상력까지 무장하고 있음을 직시하라.

나의 영웅 이세돌을 감히 이기겠다는 구글의 도전을 치기 어린 컴퓨터 회사의 마케팅 이벤트쯤으로 평가 절하하는 필자의 생각도 상상력 결핍이 빚어낸 과오일 뿐이다.

이상한 놈

몇 년 전 BTS가 빌보드 차트 1위를 석권했다는 뉴스를 접했다. 자랑스러움을 넘어 가슴 벅차고 흥분된다. 도대체 얼마나 멋진 음악이길래? 궁금하여 유심히 들어보았다. 아니나 다를까? 도통 모르겠다. 수많은 아이돌 그룹의 음악과 어떤 차이가 있지? 어떻게 우리나라 가수 최초로 천하의 빌보드 차트를 석권할 수 있었지?

나이 들수록 서글프고 불편한 것 중 하나가 최신 대중음악에 대한 이해도와 공감 능력이 현저히 떨어진다는 것이다. 30여 년 전에는 필자도 대중음악을 온몸으로 즐기던 팔팔한 세대였다. 특히 1991년은 7080세대들이 심취했던 발라드, 포크, 트로트 류의 음악이 막바지 절정을 이루던 시기였다. 당시 조용필, 이선희, 태진아, 노사연, 김완선 등이 이름만 들어도 가슴 설레게 하는 스타였다. 안타깝게도 필자는 1992년에 혜성처럼 등장한 서태지의 괴이한(?) 힙합 음악을 이해하지 못하면서 최신 대중음악과는 담을 쌓아버리는 우를 범하게 된다.

1991년 어느 날 미국 캘리포니아로부터 가냘픈 몸매와 장발에 귀걸이를 하고, 여성적인 웨이브로 흐물흐물 춤을 추는 교포 가수가 나타난다. 대중들은 듣보잡 패션과 괴이한 음악 장르를 이해할 수 없었고, 21세기형 음악 천재는 찰나의 인기를 마지막으로 20세기 감성에 머물러 있던 한국을 떠날 수밖에 없었다.

그 '이상한 놈' 양준일은 한국을 떠난 지 30여 년이 지난 2019년에 모 방송사 프로그램을 통해 과거와 똑같은 춤과 음악으로 재등장했고, 21세기 한국의 대중들은 신비롭고 우아한 그의 춤과 노래에 신드롬급 반향으로 응답한다. 30여 년 전 그의 천재성을 알아보지 못했던 필자도 뒤늦게나마 그의 노래 「리베카」를 수시로 즐기며 미안함을 달래본다.

시대를 앞서가는 천재들은 항상 '이상한 놈'으로 치부 받는다. 서양 미술 역사상 최고의 천재 화가로 인정받는 빈센트 반 고흐도 37년의 짧은 생을 비극적으로 마감할 때까지는 대중들로부터 철저히 외면당했다. 고독한 내면의 작품 세계를 당시의 대중들이 이해하기 어려운 그림으로 표현했던 고흐는 말년까지 동생 테오의 도움으로 연명한 불우한 천재였다. 생전에 그림을 딱 한 점밖에 팔지 못했고 37세의 나이에 권총으로 자신을 쏘고 이상한(?) 생을 마감하게 된다. 「별이 빛나는 밤에」, 「자화상」 등 지금은 우리 모두에게 익숙한 그의 작품 세계는 사후 10여 년이 지난 후부터야 인정받기 시작해서 지금은 세계에서 가장 위대한 화가로 칭송받는다.

최고의 혁신 아이콘으로 인정받는 테슬라의 창업자 일론 머스크도

초창기에는 실패를 거듭하는 '이상한 놈'이었다. 화성에 가겠다는 꿈 하나로 미국 최초의 민간 우주항공업체인 스페이스 엑스를 창업하고 천문학적 비용이 들어가는 로켓 발사에 도전하지만 번번이 실패한다. 2008년 3번의 발사 실패와 전기차 테슬라의 출시 지연으로 힘들 때 머스크의 '실패'를 높이 평가한 NASA가 15억 달러를 투자하게 된다.

지금 스페이스 엑스는 가장 저렴하게 우주에 물건을 날라주는 유일한 민간 우주 업체로 성장했을 뿐만 아니라, 향후 10년간 발사 스케줄이 꽉 차 있다. 테슬라는 세계 최고의 전기차 회사로 거듭나 필자를 포함한 전 세계 투자자들에게 고마운 존재가 되었고 최근에는 트위터를 인수하는 광폭 행보를 보이는 등 스티브 잡스 이후 가장 혁신적인 기업인으로 평가받고 있다.

광주·전남지역 경제의 어려움은 어제오늘 얘기가 아니다. 산업화 과정에서 타지역에 비해 상대적으로 취약했던 제조업 기반이 지금까지도 개선되지 못했다. 양질의 일자리가 부족한 나머지 청년층의 유출도 지속되고 있다. 그동안 지자체와 기업들의 노력이 없었던 것도 아니다. 그럼에도 쉽게 개선되지 못하는 이유는 오랜 기간 지속되어 온 허약한 경제 체질, 수도권과의 격지에 따른 투자 유치 어려움 등으로 쉽사리 좋아지기 어려운 구조이기 때문이다.

이럴 때 필요한 것이 바로 '이상한 놈의 이상한 아이디어'이다. 예를 들어 몇 년 전 수면 위로 떠올랐던 광주와 전남의 행정 구역 통합 노력은 소지역주의를 극복하고 경쟁력을 높일 수 있는 좋은 생각이다. 그러나 이해관계가 복잡해서 쉽게 성사되기 힘들다는 점에서 사람들은 '이상한 아이디어'로 치부한다. 벌써 두 번이나 실패하지 않았던가? 왜 실패했나? 이상한 놈을 이상하게만 바라본 이해관계자들의 근시안 때문이다.

30년 전에 대중이 양준일의 천재성을 알아봤다면 대중음악은 좀 더 일찍 풍성해지고 발전했을 것이다. 광주·전남은 부디 '이상한 놈'을 놓치는 우를 범하지 말기 바란다.

훈수가 필요하다

 1990년대 중반 이후 재택근무가 화두로 떠오른 적이 있었다. IT 인프라의 발달로 업무 수행에 있어 시공간의 경계가 허물어지고, 일과 삶의 균형(Work-Life Balance)을 중시하는 가치관이 확산되면서, 많은 글로벌 기업들이 앞다투어 재택근무를 도입했었다. 특히 IBM은 통근자 고통 지수라는 지표까지 개발할 정도로 재택근무제를 신봉하고 확산시켰던 원조 격이었다. 그랬던 IBM이 작년 이맘때쯤 재택근무제를 전격 폐지하기에 이른다. 이유가 자못 궁금하다.

 당시 IBM은 실적 부진 및 수익성 악화라는 표면적 이유를 들었다. 그러나 보다 실질적인 재택근무 폐지 이유는 집에서 혼자서 업무를 처리하는 방식이 생산성을 떨어뜨린다는 이유에서였다. 사무실에서 동료 직원들과의 소통과 협업을 통한 의사 결정 방식이 창의성 발휘와 성과 창출에 훨씬 유리하다는 결론에 이른 것이다. 현재 글로벌 IT산업을 주도하고 있는 구글, 페이스북, 애플 등 대부분의 실리콘 밸리 기업들이 일반의 예상과 다르게 재택근무보다는 사무실 근무를 선호하는 전략과 유사하다.

 글로벌 금융 기업들도 마찬가지다. 월가의 펀드 매니저들은 천문학적 연봉에 걸맞게 치열한 경쟁을 뚫고 입사한 만큼 개인적인 역량이 매우 우수한 집단이다. 그럼에도 수십 명의 딜러들이 개인별 칸막이도 없는 탁 트인 딜링룸에서 같이 근무한다. 개인의 능력이 아무리 우수하더라도 민주적이며 집단적인 의사 결정과 협업의 장점을 뛰어넘기 힘들다는 이유에서다.

몇 년 전 광주에서는 이런 협업과 민주적 의사 결정의 끝판왕을 보여준 사례가 있었다. 바로 '도시 철도 2호선' 건설에 대한 결정 과정이다. 2002년에 도시 철도 2호선 건설 기본계획이 수립되었으니 자그마치 16년 동안의 찬반 논란 끝에 시민 참여단이 2호선을 '건설하기로' 결정한 것이다. 그만큼 결정하기가 난해한 사안이었을 것이다. 교통 인프라 확충을 위해 2호선 건설 필요성은 대부분 공감하였지만, 경제성과 사업성이 있느냐가 관건이었다. 1호선의 수송 분담률이 2.7%에 불과하고 개통 이후 10년간 광주광역시가 보전해준 지하철 적자가 3천억이 넘으면서 2호선 건설에 대한 백가쟁명식 찬반 논란이 지속되었다.

물론 공론화와 민주적 의사 결정을 거치지 않고 일부 전문가들만 모여 건설 여부를 결정했더라면 좀 더 효율적이고 단기간에 의사 결정이 되었을 수도 있었을 것이다. 그러나 광주시민들은 민주화 상징 도시인 '의향'의 명성에 걸맞게 민주적인 방식을 선택했다. 느리고 힘들지만, 협업과 소통이 필수적인 공론화의 산고를 견뎌낸 것이다. 산고

광주도시철도 2호선 (ⓒ광주시청)

의 고통이 컸던 만큼 건설을 반대했던 시민들도 결과를 흔쾌히 수용하는 성숙한 시민의식을 보여주었다. 공정하고 투명하게 진행된 공론화 과정이 자랑스럽다.

동네 아저씨들의 바둑판에는 항상 훈수꾼이 있기 마련이다. 그런데 훈수꾼 개개인의 바둑 실력은 대체로 하수인 경우가 많다. 상수는 시합의 공정성을 감안해 훈수를 잘 하지 않으니까 말이다. 재미있는 것은 하수들이지만 여럿이 모여 훈수하다 보면 실력에 걸맞지 않게 뜻밖의 묘수가 등장한다. 그 묘수는 바둑판의 승패를 역전시킬 정도로 강력하여 경기를 포기할 뻔하던 약자에게 희망과 승리를 선사한다. 물론 훈수가 공정성을 해친다는 까탈스러운 지적도 있겠으나, '동네 바둑'이라는 아마추어리즘에 충실하다 보면 별문제 될 것도 없다. 더구나 신의 한 수를 발견한 훈수꾼들 개개인의 실력이 변변치 않은 하수에 불과하다면 하수들의 집단 지성은 더욱 소중하게 평가되어야 하지 않는가?

광주에는 앞으로도 이런 훈수가 필요한 곳이 많다. '광주형 일자리'가 그렇고, '한전공대' 설립 과정에서도 소통과 협업 끝에 신의 한 수를 발견해 내는 훈수꾼들의 집단지성이 절실히 필요하다.

악마의 재능

　필자는 안타깝게도(?) 스포츠를 무척 좋아한다. 스포츠를 좋아하는 것이 왜 안타까운 일이냐고? 너무 좋아하지만, 너무 못하기 때문이다. 테니스는 구력이 20년이 넘고 주말마다 출격하지만, 예외 없이 상대 선수의 스트레스 해소용으로 활용된다. 골프장에서도 소위 '호갱'이다. '현금 자판기' 또는 '도시락'과 동의어다. 당구는 40년째 '만년 하수'의 또 다른 표현인 '만년 150'에 머물고 있다. 탁구를 칠 때마다 탁구대가 왜 그렇게 좁아야만 하는지 원망스럽다. 지인들은 필자에게 레슨도 안 받고 노력도 안 하면서 잘하기를 바라느냐고 핀잔을 준다. 웃기지 마시라. 너튜브도 자주 보고 거실 천장을 골프채로 망가뜨리기도 한다. 나름대로 노력을 게을리하지 않는다는 뜻이다. 필자의 가장 큰 문제는 한 가지. 운동 센스가 남보다 현저히 떨어진다는 점이다.

　10여 년 전 『아웃라이어』의 저자 말콤 글래드웰은 특정 분야에서 1만 시간을 투자하면 달인의 경지에 오른다는 '1만 시간의 법칙'을 주장하여 유명세를 치렀다. 천재는 노력하는 사람을 당할 수 없다는 뜻이리라. 일견 그럴싸해 보인다. 노력의 가치를 폄하하고 싶진 않지만, 현실은 그리 녹록지 않다. 어느 분야건 '악마의 재능'을 타고난 재수땡이 천재들이 있기 마련이다. 천재들은 약간의 노력만으로도 노력형 둔재들을 쉽게 따돌린다. 필자같이 운동 신경이 부족한 자가 축구에 1만 시간을 투자한다고 해서 손흥민처럼 되겠는가?

비틀즈는 악보도 볼 줄 모르는 상태에서 절대 음감으로 대중음악계를 평정하였다. 1970~80년대 일류 프로 바둑 기사들은 대부분 일본 유학을 다녀왔으나 가난 때문에 정석도 못 배웠던 서봉수는 동물적인 실전 재능만으로 세계 챔피언에 올랐다. 김흥국은 대본을 외우기는커녕, 졸다가도 대충 한마디 툭 던질 때마다 웃기는 재주가 있어 TV 예능의 시청률 보증 수표였다.

국가 간 무역에서 경쟁국이 따라올 수 없는 산업을 보유한 경우, '절대 우위'에 있다고 한다. 동일한 자원을 이용해서 다른 생산자보다 많은 양을 생산할 수 있다는 뜻이다. 예를 들어 쌀 생산은 드넓은 평야를 가진 미국이 한국보다 절대 우위에 있고, 산유국들의 석유, 남아프리카의 다이아몬드 생산도 다른 나라가 죽도록 노력해도 당할 수가 없다.

서론이 길었다. 광주·전남 경제도 다른 지역보다 절대 우위에 있는 분야를 집중적으로 육성한다면 한결 편하게 앞서나갈 수 있다. 필자가 꼽은 우리 지역만의 악마의 재능은 무엇인가? 이미 궤도에 오른 석유 화학, 철강, 자동차, 조선 등 주력 산업은 논외로 한다.

첫째, '섬 관광'이다. 2,200여 개의 섬(전국의 65%)을 보유한 전남의 해양 관광 자원은 무궁무진하다. 지난해 전남을 찾은 관광객이 6,255만 명으로 경기도(7,703만 명)에 이어 두 번째인 이유도 여수 밤바다, 목포 해상케이블카 등 압도적인 해양 관광 자원에 힘입은 바가 크다. 전남도에서 추진 중인 '남해안 신성장 관광 벨트' 사업의 성공을 믿어 의심치 않는 이유다.

두 번째는 '청정에너지' 산업이다. 나주 혁신 도시에 세계적 에너지 기업인 한국전력과 관련 기업들이 다수 입주하여 에너지 기술 생태계 조성이 타지역보다 훨씬 유리하다. 또한, 전남의 일조량은 전국에서 가장 높아 신재생 에너지 산업에서도 쉽게 앞서갈 수 있다.

세 번째는 '음식'이다. 우리 지역 음식 맛은 재론의 여지가 없이 전국의 미식가들로부터 최고로 평가받는다. 여행객들은 맛집을 검색할 필요조차 없다. 맛없는 식당은 금방 퇴출당할 정도로 모든 음식점이 맛집이다. 필자가 광주에서 근무 후 서울 본점으로 다시 발령난 후 가장 그리운 것은 광주·전남지역의 음식 맛이었다. 나만의 생각이 아니고 전임 본부장들과의 대화에서도 단골 주제가 맛의 그리움이었다. 그래서 몇 년 전 전국 최초로 '맛의 도시'를 선포한 목포시의 행보는 주목할만하다.

자원은 한정되어 있다. 적은 자원 투입으로도 남들을 압도할 수 있는 우리 지역만의 비틀즈, 서봉수, 손흥민을 찾아라. 운동 신경 부족한 필자처럼 백날 노력해도 따라가기 힘든 '비교 열위' 산업에 자원을 낭비하지 말라는 뜻이다.

빼빼로 데이 단상

매년 11월 11일은 빼빼로 데이다. 연인들은 초콜릿을 주고받으며 사랑을 확인한다. 소개팅에 실패한 솔로들은 그저 부러울 뿐이다. 세계 최대 온라인 쇼핑몰 알리바바는 오픈 마켓 타오바오를 통해 매년, 이 불쌍한 솔로들에게 대대적인 온라인 할인 판매를 실시한다. 이름하여 '광군제'. 2009년 시작하여 매년 폭발적으로 성장한다. 금년에도 11월 11일 하루에만 83조 원을 팔아치웠다. 기아자동차 연간 매출의 두 배에 이른 천문학적 성장세다. 알리바바의 급성장을 바라보며 표정 관리가 안 되는 사람은 알리바바의 최대 주주인 소프트뱅크 손정의 회장이다. 손정의의 지분은 34%인 반면 창업주인 마윈의 지분은 8%에 불과하다. 재주는 마윈이 부리고 돈은 손정의가 가져가는 꼴이다. 역사상 가장 성공적인 투자로 평가받는 이 투자가 결정되는 시간은 불과 5분이었다고 한다.

알리바바의 창업 초창기인 1999년, 직원 35명에 불과하고 변변한 사업 모델도 없었던 창업주 마윈은 손정의에게 투자를 요청하고, 투자 제의 5분 만에 손정의는 투자를 결정한다. 훗날 손정의는 "당시 마윈의 비즈니스 모델은 별 볼 일 없었지만, 그의 빛나고 강한 눈, 말하는 스타일과 카리스마는 중국 청년들을 끌어모을 수 있다고 생각했다."
라고 투자 결정 이유를 밝혔다. 투자 유치 과정에서 사업 모델도 중요
하지만, 투자자를 감동하게 하는 발표(presentation) 형식이 얼마나 결
정적인지 보여주는 일화다.

『삼국지』에서 유비 삼 형제(유비, 관우, 장비)는 도원결의(桃園結義)를
통하여 어지러운 세상을 평정하겠다고 맹세하지만, 정작 빈털터리였
다. 그런데 마을을 지나가던 재력가 상인인 장세평과 소쌍은 유비의
진정성 있고 겸손하며 조리 있는 말솜씨에 반해, 말 50필과 금은 500
냥 등을 제공한다. 우리에게 익숙한 유비의 쌍고검, 관우의 청룡언월
도, 장비의 장팔사모창은 이 첫 종잣돈 덕택에 비로소 탄생하게 된다.
유비의 멋진 언변이 훗날 난세의 영웅을 만든 스타트업 투자를 끌어낸
것이다.
 정주영이 울산 미포조선 건설을 위한 해외 자금 유치 일화는 영화
보다도 더 극적이다. 현대는 1970년대 초, 박정희 대통령의 지시로 그
룹의 명운을 건 조선소를 건설하기로 한다. 당시 우리나라는 가난한
개발 도상국이었으니 조선소 건립 자금의 해외 유치가 불가피했다.
런던의 투자자는 정주영이 아무리 면밀한 사업 계획서와 정부 보증서
를 보여줘도 배 한 척 건조한 경험도 없는 변방 가난한 나라의 사업가
를 믿지 않았다.
 승부의 추가 거의 기울어져 버린 절체절명의 순간, 정주영의 마지

500원권 (1962년 화폐개혁 후 발행된 지폐) (ⓒ한국은행 화폐박물관)

막 승부수는 바지 주머니에 들어있는 500원짜리 지폐였다. "이 지폐에 그려진 배는, 거북선이라는 철로 만든 함선입니다. 대한민국은 당신의 나라 영국보다 300년이나 앞선 1500년대에 거북선을 만들어냈고, 일본의 전함을 궤멸시킨 역사가 있습니다. 한국이 가지고 있는 무궁무진한 잠재력이 이 돈 안에 담겨있으니 재고해 주시기 바랍니다." 런던의 투자자는 정주영의 엉뚱한 아이디어에 마음이 흔들렸다. 승부는 엉뚱한 곳에서 뒤집어지며 투자자금 유치가 성공한 순간이었다. 아이러니하게도 훗날 세계 최강 조선 산업의 밑알이 된 종잣돈은 사업 계획서나 정부 보증도 아닌 '500원짜리 지폐'였던 것이다.

광주·전남지역 경제의 구조적 취약성은 산업화 과정에서 굴지의 제조 업체가 우리 지역으로 유치되지 못한 이유가 크다. 수도권과 워낙 멀리 떨어진 격지인 데다 서울-부산 간 전통적인 개발축에서도 한 발짝 벗어난 지리적 불리함 때문에 투자 유치가 쉽지는 않았을 것이다. 즉, 입지적 핸디캡 때문에 사업 계획서의 경제성, 효율성만으로는 타지역보다 비교 우위를 만들 수 없다. 투자 유치가 어려울수록 당연히 사업 모델의 혁신성을 높여야 한다. 그러나 경쟁 지역들도 가만있지 않을 것이다. 그래서 투자유치는 항상 어려운 승부이다. 따라서 사업 모델의 혁신성 못지않게 사업 내용을 투자자에게 설명하는 과정에서도 고객 감동형 아이디어를 짜내야 한다.

알리바바 마윈의 강렬한 눈빛, 유비의 진정성 있는 말솜씨, 정주영의 500원짜리 지폐는 투자 유치 과정에서 사업 모델 자체보다 발표 형식의 기발함이 때로는 유효함을 역설하고 있다.

살수대첩의 경제학

6·25 때 난리는 난리도 아니다. 전 세계에서 한가락 한다는 총잡이들이 다 몰려들었다. 피아 구분도 없다. 남녀노소, 인종, 성별을 가리지 않는다. 유일한 게임의 룰은 시야에 포착되는 움직이는 것들에게 무조건 선빵을 날리는 것이다. 총깨나 쏜다고 자부하고 왔더라도 아비규환 속에서 조준사격은 의미가 없다. 그나마 다행스러운 건 사용되는 총기류가 총탄 세례를 퍼부어도 상대가 죽기는커녕 오히려 웃음과 즐거움만 배가시키고 살인 더위를 물리쳐준다는 '물총'이라는 거다.

광화문에서 직선으로 정남 쪽 끝자락에 위치한 전남 장흥에서 얼마 전에 끝난 '정남진 물 축제' 기간에 펼쳐졌던 지상 최대의 물싸움, 이른바 '살수 대첩' 뒷얘기다. 인구 4만이 채 안 되는 작은 소읍 장흥에서는 사상 유례없는 폭염 속에서도 약 50만 명의 구름 인파가 몰려들어 시원한 물 축제를 즐겼다. 축제 기간 중 주요 포털사이트 지역축제 검색 순위에서 1위에 오를 정도로 인기를 누렸다고 한다.

낙후된 지역 경제를 걱정하는 많은 분들이 광주·전남지역이 수도권에서 멀리 떨어져 있고 인구가 적은 점 때문에 상대적으로 불리하다고 아쉬워한다. 틀린 말은 아니나 동의할 수 없다. 장흥 물 축제를 보시라. 한반도 정남 쪽 끝자락에 위치하니 수도권 기준으로 원격지 중에서도 상 원격지요, 4만 명의 인구는 웬만한 서울의 한 개 동 인구보다 적을 정도로 옹색하기 그지없다. 이 정도면 장흥 물 축제는 당연히 망했어야 하는 거 아닌가? 웬걸, 결과는 정반대였다. 전국의 젊은이들과 외국인들까지 인산인해를 이루며 대성공을 거둔 것이다. 모르긴 해도 전 세계에서 물총이 가장 많이 팔린 곳은 필시 전남 장흥이었을 게다. 이토록 불리한 여건을 극복한 성공 요인이 도대체 뭔가? 비결은 뭐니 뭐니 해도 기발한 아이디어다. 전국 도처에 깔린 게 물인데 유독 장흥에서만 물을 주제로 축제를 벌이겠다는 무모한(?) 생각은 현대판 봉이 김선달이라고 해도 무방할 정도로 기상천외하다. 참여형 놀이 문화를 즐기는 젊은 세대들의 취향을 감안한 폭염을 시원하게 날려주는 물총 놀이 아이디어 또한 일품이다.

결국 성공의 요건은 수도권과의 접근성이나 인구의 많고 적음이 아니었다. 얼마나 혁신적인 사고로 문제에 접근했느냐가 성패를 가름한 것이다.

1970년대 오일쇼크 위기 당시 박정희 대통령은 사우디 주바일 항구 개발 프로젝트를 제안받고 공무원들을 파견한다. 공무원들은 "사막에 비가 안 와 너무 뜨겁고, 모래밖에 없는 '최악'의 건설 환경"이라고 보고한다. 똑같은 상황에서 정주영 회장은 "주바일은 비가 안 오니 쉬지 않고 공사할 수 있으며, 모래가 지천에 있으니 자재 걱정도 없는 '최상'의 환경"이라고 보고한다. 정주영은 당시 우리나라 예산의 절반 규모인 9억 달러에 주바일 항구 공사를 낙찰받고 공사 금액을 줄이기 위해 울산에서 자재를 직접 제작해 걸프만까지 1만 2천 km를 19번에 걸쳐 운반함으로써 세계 건설사를 새로 썼던 주바일의 신화를 완성하게 된다.

광주·전남이 수도권에서 너무 멀어 불리한가? 주바일 프로젝트는 서울-부산 간 거리의 15배에 해당하는 원거리를 용기와 혁신적인 아이디어로 극복하지 않았는가? 광주 전남 인구가 자꾸 줄어들어 경제 활력이 떨어질 거라고요? 장흥 물 축제를 즐긴 50만 명의 구름 인파는 어디서 나타났지요? 불리할수록 혁신의 강도를 높이면 될 일이다. 수요는 걱정하지 마시라. 스토리와 감동이 있는 상품을 공급하면 멀리서도 찾아온다. '공급이 수요를 창조한다'는 고전파 경제학자 세이의 법칙(Say's law)은 여전히 유효하다.

조팝나무와 보릿고개

고강도 '사회적 거리 두기' 운동에 적극 동참한 지가 벌써 3개월째다. 즐기던 체육 시설도 폐쇄하고, 세미나, 포럼, 각종 모임도 연기했다. 하지만 장기간 강제 침거에 따른 육체적 무료함이 자칫 심리적 우울감으로 감염될 수도 있고, 업무 생산성도 떨어질 거라는 자가 진단을 핑계 삼아 작은 일탈을 감행한다. 필자가 선택한 일탈은 바로 점심 시간을 이용한 산책. 물론 이런 행동이 사회적 거리 두기의 취지에서 벗어나면 안 될 터, 빈틈없는 방어 기제로 보완한다.

마스크로 중무장하고, 눈빛은 행인들과의 일정 거리 유지를 위한 거리 측정용 레이더로 활용한다. 간혹 마스크를 착용하지 않은 몰지각한 시민이 접근하면 잠재적인 바이러스 전파자로 인식, 자동으로 5m 이상의 원거리를 유지한다. 자주 측정하다 보니 눈대중 레이더의 성능이 이젠 거의 인공 지능 급이다.

산책로는 주로 회사 인근의 5·18 기념공원. 격동의 1970~80년대, 민주화를 위해 소중한 육신을 산화했던 선배들은 당시의 민주화 운동을 밑거름으로 세계 일류 국가로 성장한 대한민국을 얼마나 자랑스러

위할까? 추모의 생각도 잠시, 꽃으로 흐드러진 봄의 향연을 즐긴다. 코로나바이러스의 고통을 아는지 모르는지, 무심한 계절은 수많은 봄꽃으로 공원을 수놓고 시민들을 유혹한다. 봄의 전령 산수유로부터 시작하여 개나리, 벚꽃, 목련, 동백 등등. 버스커버스커의 「벚꽃엔딩」 노랫말처럼 벚꽃이 꽃가루 되어 봄바람에 흩날릴 즈음, 바톤을 이어받아 피는 꽃이 있다. 바로 최근 들어 5·18 기념공원 산책로 입구에 순백의 쌀가루처럼 풍성하게 만개한 조팝나무다.

조팝나무는 꽃 모습이 튀긴 조밥(좁쌀밥)처럼 보인다고 해서 조팝나무라고 한다. 끼니 걱정이 많았던 가난한 선조들의 희망 섞인 이름임이 틀림없다. 개화 시기도 절묘하다. 4월 20일은 봄비가 내려 백곡을 기름지게 한다는 곡우(穀雨)인데, 농사가 본격적으로 시작되는 시기이기도 하다. 곡우 즈음해서 지난해 수확한 식량이 떨어지고 보리는 여물지 않아 끼니 걱정이 많아진다. 소위 '보릿고개'가 시작되는 배고픈 시절에 야속하게도 쌀밥처럼 생긴 조팝나무꽃이 만개하는 것이다.

뜬금없이 조팝나무가 왜 등장하였나? 조팝나무의 하얀 자태를 물끄러미 바라보니, 불현듯 지금의 '보릿고개 경제 상황'이 오버랩되어서이다. 코로나19로 세계 경제가 휘청거리고 있다. 특히 미국, 유럽 등 세계 경제를 이끌어가는 주요국에서 전례 없는 고강도 사회적 거리두기, 도시 봉쇄, 생산 중단은 수요와 공급 측면에서 동시에 어려움을 가중시키고 있다. 그럼에도 상당수 전문가는 코로나 사태가 해결되면

조팝나무

경제 상황이 급반등할 것으로 기대한다. 즉 지금의 소비와 생산 절벽에 따른 보릿고개를 잘 넘어가기만 하면 조팝나무꽃처럼 풍요로운 쌀밥이 기다리고 있다는 뜻이다. 주요 선진국뿐만 아니라, 기축 통화 국가가 아닌 우리나라조차 부작용의 위험을 무릅쓰고 대규모의 유동성 확대 정책을 펼치는 것도 일시적인 매출 절벽에 직면한 기업들이 보릿고개를 넘어갈 수 있도록 힘을 보태자는 것이다.

"아야, 뛰지 마라. 배 꺼질라. 가슴 시린 보릿고개 길, 주린 배 잡고 물 한 바가지 배 채우시던 그 세월을 어찌 사셨소~" 힘을 내자! 우리 국민은 어느 인기 트로트 가수의 노랫말처럼 물 한 바가지로 보릿고개를 넘던 선조들의 위기 극복 DNA를 물려받지 않았나? 5·18 공원에 활짝 핀 조팝나무여, 보릿고개가 시작되는 곡우(穀雨)에 꽃이 피는 너에겐 다 계획이 있었구나!

노인과 과수원

유난히 추위가 실종된 올겨울은 나들이하기에 딱 좋다. 덕분에 필자가 부임 이후 계속하고 있는 '전남 구석구석 돌아다니기 프로젝트'는 겨울에도 멈추지 않는다. 지난 주말에는 녹차밭과 소설 태백산맥의 주 무대인 벌교가 위치한 보성을 여행하였다. 염상구와 외서댁의 로맨스가 살아있는 쫀득쫀득한 꼬막 정식으로 배가 부르니 세상 부러울 게 없다. 소화도 시킬 겸, 벌교 인근 한적한 시골 마을을 산책하였다. 한낮인데도 인적이 드물다. 벌써 봄이 온 걸로 착각한 똥개의 늘어진 하품만이 여행객을 반길 뿐이다. 산책길 옆 과수원에는 노부부가 열심히 일하는 중이셨다. 심심하던 차 오지랖 넓은 한국형 아줌마인 아내가 그냥 지나칠 리 없다.

"아저씨, 이거 무슨 나무예요?"
"참다래요!"
"참다래? 참다래가 뭐지?"
"앗따~ 키위도 모르요? 키위!"
"아하! 꼭 포도나무 같네요. 근데 지금 뭐 하시는 거예요?"

"가지치기요. 겨울에 전지 작업을 안 해불면 키위가 제대로 안 열려 부러요."

"워메. 이 넓은 과수원의 가지치기를 두 분이 다 하시는 거예요?"

"그라문 별수 있겄소? 젊은 아그들은 씨도 없응께잉~"

이렇게 시작된 오지라퍼와 노인 농부의 시시콜콜한 대화를 들으니 슬그머니 직업병이 도진다. 광주·전남지역 경제를 분석하다 보면 우울할 때가 많다. 가구당 소득 수준, 청년 고용률, 재정 자립도, 고령화율 등 대부분의 경제 지표가 전국에서 최하위 수준에 머물고 있으니 그럴 수밖에…. 앗! 그런데 생각해보니 수많은 경제 지표 중에서 거의 유일하게 전남이 전국에서 최상위를 기록 중인 것들도 있다. 바로 지금 내 눈앞에서 아내와 심심풀이 토크 중이신 농부와 관련된 지표가 아니던가?

우선 전남지역의 지역 내 총생산(GRDP)에서 농림어업이 차지하는 비중은 7.0%로 수도권을 제외한 지역 평균(3.4%)을 크게 상회한다. 경지 면적은 전국에서 가장 넓고, 농업에 종사하는 인구수도 전남이 30만 명으로 경북(37만 명)에 이어 2위이다. 경지면적이 넓은 만큼 쌀 등의 식량 작물과 채소류의 생산량도 전체의 20%를 상회하여 이 또한 전국 일등이다. 뭐니 뭐니 해도 친환경 농산물 관련 농가 수와 친환경 인증 수 및 출하량은 전남이 압도적으로 많다. 이 정도의 농업 인프라를 갖추었으면 농업과 관련해서는 전남이 최고여야 하지 않을까? 하지만 안타깝게도 글쎄올시다이다.

우선 전남의 농가소득(3,950만 원)이 9개 광역도 중에서 6위에 불과하다. 전남에서 주로 재배하는 채소, 쌀의 농가소득이 과실류에 비해 낮은데 기인하는 것으로 추정된다. 심지어 전남지역 농업의 토지 생산성(경지 면적 당 농업 생산량)은 도 지역 최하위권이다. 경지 면적은 가장 넓지만, 노동 집약도(경지 면적 당 노동 시간)와 자본 집약도(경지 면적 당 자본 투입액)가 전국에 비해 낮아서 그렇다. 전남지역 농가의 소비자 직접 판매 비중도 23.8%로 전국 평균(25.0%)에 비해 낮다 보니 유통비용도 많이 소요된다. 컴퓨터, 스마트폰 등 정보화 기기를 농산물 직거래 사이트 등 농업 소득 증대에 활용하는 농가 비중도 전국 평균을 하회한다.

전남이 우수한 농업 인프라를 활용하지 못하는 이유가 뭘까? 바로 전국에서 가장 높은 고령화율 때문이다. 특히 전남 농가의 고령화율(65세 이상 인구 비율)은 49.5%에 달하여 전국 평균을 크게 웃돈다. 고령화는 막을 수 없다. 그런데 고령화 때문에 전국 최고 수준의 농업 인프라를 활용 못 한다고?

나쁘게만 보지 말고 긍정적으로 해석해 보자. 바로 전남이 청년 농부들에게는 더없이 좋은 기회의 땅이란 뜻이 아닌가? 청년들이 젊음의 역동성으로 과실류 등 고부가 가치 작물 생산 비중을 높여 농가소득을 높이고, 정보화 기기를 적극 활용할 경우 유통 비용도 크게 줄일 수 있다.

지금도 벌교 과수원의 노인 농부는 젊은이들이 씨도 없다고 한탄한다. 전국의 청년들이여! 전남에서 돈 버는 법, 의외로 간단해 보인다.

낭도의 변신은 무죄

신비의 섬 '추도'를 아시나요? 모르시면 굳이 알려고 노력하진 마시라. 너무 많이 알려지면 신비로움이 사라지니까. 2018년 6월, 30년 만에 고향에서의 근무 기회가 찾아왔다. 주말을 이용해 전남의 22개 시군을 차례로 섭렵하기로 계획하였고, 그 첫 번째 목적지는 자타가 인정하는 전국적인 핫플레이스 여수였다. 지인의 안내로 여수에서도 남서쪽 끝자락에 위치한 작은 섬 추도를 여행한 후, 여행지에 대한 고정 관념 자체가 180도 바뀌어 버렸다. 여행지를 선정할 때는 인간계에 입소문이 난 명승지보다 신들이 숨겨놓은 곳을 선택해야 하는구나. 추도는 그런 곳이었다. 왜 그런지는 비밀로 해야겠다. 신들이 숨겨놓았으니.

어쨌거나 한국은행 광주전남본부장 임기를 마치고 서울로 귀임하기 전에 마지막으로 찾은 곳도 한 치의 망설임 없이 나만의 비밀 장소 추도였다. 이렇게 아름다운 추도가 오늘은 조연에 불과하다. 오늘의 주인공은 따로 있으니 바로 추도 바로 옆에 위치한 '낭도'.

섬의 모양새가 여우를 닮았다고 해서 낭도(狼島)라 이름 붙여진 이곳은 인간계에 소문난 핫플레이스도 아니고, 신들은 더더구나 숨겨놓

낭도 (ⓒ한국학중앙연구원·유남해)

을 필요가 없는 평범한 섬이다. 어느 섬에서나 쉽게 볼 수 있는 조용한 포구와 한적한 시골 마을, 조용해서 힐링하기 좋아 이따금 찾아오는 여행객이 전부였던 곳이다. 그런 낭도가 변신해 있었다. 한산했던 포구 앞에는 낭도 부인회가 운영한다는 낭도포차에 여행객들이 가득차 신선한 바다 먹거리와 포구의 낭만을 만끽하고 있었다. 낭도의 전통 젓샘 막걸리로 유명한 술도가 집은 찾기도 쉽지 않은 후미진 골목길에 있는데도 한참을 대기해야 할 정도로 성업 중이었다. 좁은 골목길엔 수시로 차량이 들락거리고, 코로나19 사태에 따른 지역 경제 침체를 최소한 낭도에서는 느낄 수 없었다.

무엇이 낭도를 완전히 다른 세상으로 바꾸었나? 바로 여수와 고흥 사이에 위치한 5개의 섬을 연결하는 연륙교의 개통이었다. 코로나19가 한창 기승을 부리던 시기에 개통되었다고 한다. 코로나19 사태로 개통식은커녕 제대로 된 홍보도 못 한 불운의 연륙교였지만 낭도 경제를 살리기에 부족함이 없었다.

전남도에는 낭도와 같이 관광 인프라 개선에 따른 지역 경제 활성화 사례가 많다. 전남도의 관광객은 6천만 이상으로 전국 2위권이다. 막대한 인구가 배후에 포진한 경기도에 이은 2위이며, 수도권과 원격지라는 불리함까지 감안하면 실로 대단한 기록이다.

예를 들어 살펴보면 2019년 관광객이 2018년 대비 1,182만 명의 급증세를 나타낸 것으로 나타나는데 이는 다분히 2019년에 개장한 신안

천사대교(4월), 목포 해상케이블카(9월), 진도 쏠비치(7월) 등 주요 관광 인프라 개선의 효과로 보인다.

광주는 어떤가? 지난 2년간 필자는 수도권에 거주하는 지인들을 광주에 초대하였다. 광주의 아름다움을 보여주고 싶었기 때문인데, 아쉽게도 무등산을 제외하고는 안내할만한 명소가 선뜻 떠오르지 않았다. 지인들도 전국적으로 알려진 무등산을 선호했다. 문제는 무등산이 정상 부근을 제외하면 대부분 완경사의 토사로 이루어져 별 특색이 없다는 점이다. 자그마치 1,187m에 달하는 정상 부근까지 등반한 후에야 비로소 서석대, 입석대 등 무등산만이 갖고 있는 주상절리의 아름다움을 볼 수 있다. 심지어 무등산은 사람들이 잘 모르는 세계 기록이 있다. 이는 바로 인구 100만 명 이상 되는 도시에 1,000m 이상 높이의 산을 가진 도시는 광주광역시가 세계에서 유일하다고 한다.

노약자들에게도 무등산의 절경을 감상할 수 있도록 하고, 제조업이 취약한 광주광역시에 관광객을 획기적으로 늘리는 일석이조가 없을까? 필자의 소견으로는 무등산에 케이블카를 설치한다면 한 방에 해결할 수 있다. 물론 많은 분들이 환경 파괴를 우려한다. 환경단체와 지자체, 시민들이 함께 고민한다면 환경도 보호하면서 케이블카도 설치하는 신의 한 수를 반드시 발견할 수 있을 것이다.

연륙교 개통으로 활기 넘치는 낭도를 보시라. 낭도의 변신은 무죄다. 무등산도 변할 수 있다.

광주천 단상
- 수달을 기다리며

지난 주말, 성큼 다가선 봄의 향기를 만끽하러 광주천을 산책하였다. 만개한 벚꽃 그늘 아래 민들레와 이름 모를 들꽃들이 따사로운 봄볕과 함께 여행객을 반겨주었다. 반대편의 노오란 개나리 군락지가 궁금하여 광주천을 가로지르는 징검다리를 건넜다. 잔잔히 흐르는 시냇물 바닥 작은 조약돌이 선명하다. 도시 하천인데도 제법 깨끗하다고 느끼는 순간 광주천에 천연기념물 수달이 산다는 얘기가 떠올랐다. 150만이 육박하는 대도시 하천에 설마 청정 지역을 상징하는 수달이 산다고? 궁금하여 즉시 검색 들어갔다. 무등산에서 발원하여 광주시를 관통한 후 영산강으로 합류하는 광주천에 거의 매년 수달을 발견했다는 기록이 산재하였다. 아하, 그래서 수리와 달이었군. 요즘 광주시장님을 비롯한 관계자분들이 거의 모든 행사장에 빠지지 않고 참석시키는 것이 바로 '수리와 달이'이다.

광주 세계수영선수권대회 마스코트 '수리와 달이'는 무등산과 영산강에 서식하는 귀여운 '수달'을 형상화하기도 하였고, '수영의 달인'을 뜻하기도 한단다. 수영대회 이미지에 이처럼 잘 맞아떨어지는 마스코트가 또 있을까? 일단 첫 단추는 대성공이다.

내 앞에도 수달이 나타나길 기대하며 광주천을 걷는 동안 갑자기 머리가 복잡해졌다. 세계수영선수권대회는 세계 5대 스포츠 이벤트이자 209개국 1만 5천 명이 참석하며 10억 명이 동시에 TV를 시청한다. 68억 명이 언론을 통해 대회 소식을 접한다. 전 세계인들에게 광주를 알리는 절호의 기회가 아닐 수 없다. 어떻게 해야 하지? 많은 사람이 광주 세계수영선수권대회의 성공을 위해 수많은 아이디어를 제시하였겠지만, 필자의 소견은 '선택과 집중'이다. 지역 경제의 미래를 위하여 두 가지만 선택해서 집중했으면 한다.

첫째, 대회 기간 중 광주가 삼향(三鄕)의 고장임을 확실히 알리자. 광주·전남은 예로부터 예술의 고장 예향(禮鄕), 충절의 고장 의향(義鄕), 맛의 고장 미향(味鄕)이라 하여 삼향으로 불리지만 이 멋진 브랜드의 이미지가 안타깝게도 아직은 매우 미약하다. 전남이 고향인 필자도 작년 6월 광주로 부임하고 나서야 '삼향'의 브랜드를 인지했을 정도였다. 제조업 기반이 취약하고 서비스업도 도소매 음식·숙박업 등 저부가 가치 전통 서비스업 비중이 높은 광주·전남이 관광 등 고부가 가치 서비스를 육성하려면 삼향의 브랜드 가치를 높이는 것이 시급하다. 세계수영선수권대회는 절호의 기회다.

둘째로는, 광주 세계수영선수권대회의 경제적 효과가 단발성이 그치지 않고 지속 가능하게 디자인하자는 것이다. 스포츠 이벤트 이후 유·무형의 레거시를 구현하는 것은 말이 쉽지, 가장 어려운 숙제다. 그동안 수많은 국가의 도시에서 치러왔던 빅스포츠 행사 중 레거시가 잘

구현되었던 도시의 사례를 연구해야 한다.

우리나라가 세계 무대에 본격적으로 알려진 것은 1988년 서울 올림픽이라는데 이견이 없다. 88올림픽 이전 우리나라는 단지 한국 전쟁으로 폐허가 되었던 분단국이자 가난한 개발 도상국으로 국제 사회에 각인되어 있었다. 올림픽의 성공적 개최를 계기로 우리나라는 비로소 국제적 신뢰도를 얻게 됨으로써 수출 중심 경제가 퀀텀 점프를 하게 된다. 우리 지역의 여수시가 전국적인 관광 명소로 떠오르게 된 것도 2012년 세계 엑스포 개최를 계기로 관광 인프라를 획기적으로 개선한 것이 그 시작이었다.

광주 세계수영선수권대회가 끝나면 전 세계에서 수많은 여행객이 멋진 브랜드 '삼향'을 기억하고 광주를 찾아와 '수리와 달이'의 조형물에서 기념사진을 찍는 모습을 그려보자. 신난다.

세상에 이런 곳이!

　필자는 7개월째 주말부부다. 3대가 덕을 쌓아야 할 수 있다는 주말 부부의 화려한(?) 일상이 궁금할 것 같아 살짝 공개한다. 일요일 밤, 서울에서 내려오면 맨 먼저 맞이하는 숙소는 적막강산이다. 너무나 조용하니 위층에서 시도 때도 없이 우당탕거리는 층간 소음이 오히려 반가울 지경이다. 주중에는 이런저런 모임에 시달리다 보면 주말부부 생활을 만끽할 여유조차 없다. 우리나라 꼰대들은 왜 주말부부를 그토록 동경하는지 도통 알 수가 없다. 그럼에도 7개월이 지난 지금 난 주말부부 생활이 좋다. 아내의 잔소리에서 해방되어서? 물론 이것도 좋은 이유 중의 하나는 될 수 있겠다. 그러나 아내의 잔소리는 '평생 잔소리 총량 불변의 법칙'에 의거 주중에 듣지 못한 잔소리는 주말에 몰아서 듣게 된다. 결국 아내의 잔소리를 듣지 않는 것이 주말부부의 최대 장점이라는 일부 몰지각한(?) 사람들의 논리는 설득력이 떨어진다. 그럼, 뭣 때문에? 지금부터 그 이유를 밝힌다.

　2018년 광주전남본부장 부임 이후 한 달에 한두 번은 서울에 올라가지 않고 광주·전남에서 머물고 있다. 물론 그때마다 아내가 대신 서울에서 내려오니 천상 독신의 자유는 누리기 어려운 팔자다. 이곳에서 대학까지 다녔지만 어린 시절에는 이동상의 제약으로 전남지역을 제대로 보지 못했으니, 이번 기회에 제대로 볼 요량으로 광주에서 주말용 애마도 구입하여 한 달에 1~2개 시·군을 선정, 집중 탐구 중이다. 물론 관광이 주목적이지만 한국은행 본부장으로서 필자에게 주어진 과업 중의 하나가 지역 경제를 분석하는 것이니 양수겸장이 아닐 수 없다.

광주에서 가까운 곳부터 섭렵하기로 하고 광주의 무등산과 대나무의 고장 담양 죽녹원에서 시작하여, 노란 꽃 마을 장성에서는 백양사 단풍과 선비의 고고함에 취하였다. 우리나라 불교 도래지 영광에서는 붉은 상사화의 이룰 수 없는 사랑 이야기에 때늦은 감상에 젖기도 하였고, 무안에서는 세발낙지를 통째로 삼키며 생명의 위협을 느끼는 스릴도 맛보았다. 청정구역 지리산에서 별을 헤며 밤을 지새웠고, 순천만 국가정원에서는 단언컨대 세계에서 가장 아름다운 정원을 만끽하였다. 노래로만 듣던 여수 밤바다에서 버스킹족들의 젊음의 열기에 빠져 디스코와 고고춤을 즐기던 나의 젊은 리즈시절을 그리워하였다. 지난 주말에는 어릴 적 우상 박치기왕 김일의 고향이자 우주센터가 있는 고흥의 한적한 바닷가 민박집에서 최고의 힐링을 맛보았다. 22개 시, 군 중 아직 못 간 곳이 많아 더욱 설렌다.

서울에서만 살았으면 이런 즐거움을 느낄 수 없었을 것이다. 상전인 아내도 한 달에 한두 번 이런 시골 여행을 무척 좋아하니 이 또한 내가 주말부부 생활을 즐기게 된 이유다. 3대가 덕을 쌓은 것이 분명하다. 하지만 마냥 좋아할 수만 없는 아쉬움이 진하게 남는 이유는 무엇일까? 짧지만 지난 7개월간 다녀본 광주·전남지역의 관광 자원은 단연 세계 최고 수준이었다. 그럼에도 관광지에는 관광객이 별로 없다. 이 아름다운 보물을 눈앞에 두고 해외로만 떠나는 국민들을 보면 너무나 아쉽게 느끼는 것이 단지 나이 든 꼰대의 편협한 애국심에 불과한 것일까?

지난해 일본 규슈지방을 여행하면서 느낀 것은 관광 자원은 우리나라와 별 차이가 없는데도 대부분의 관광객이 우리나라 사람들로 채워져 있다는 것이었다. 우리 국민들이 남들이 가니 나도 가야 한다는 보여주기 또는 자랑하기식 해외여행을 가는 것은 아닌지 의구심이 드는 부분이다.

서울 인근에서는 주말이면 심각한 교통 체증이 유발하는 스트레스가 관광의 즐거움을 상쇄하고도 남지만, 우리 지역은 항상 뻥 뚫린 도로가 관광의 여유로움을 배가시킨다. 2,200여 개의 섬(전국의 65%)을 보유한 전남의 해양관광 자원은 무궁무진하다. 전남도에서 의욕적으로 추진 중인 '남해안 신성장 관광 벨트' 사업의 성공을 믿어 의심치 않는 이유다. 몇 달 전 여수의 작은 섬 추도에서 지인들과 즐겼던 하루는 평생 아름다운 추억으로 남을 것이다.

아무도 가지않는 길을 가는 광주

'노오란 숲속의 두 갈래 길이 있었습니다. 두 길을 가지 못
하는 것을 안타깝게 생각하면서… (중략) 나는 사람이 적
게 간 길을 택하였다고, 그리고 그것 때문에 모든 것이 달
라졌다고…'

문학청년을 꿈꾸는 젊은이가 아닐지라도 누구나 한 번쯤 암송했던
미국의 시인 프로스트의 「가지 않는 길」이다. 시는 읽는 사람에 따라
느끼는 바가 다르겠지만, 필자가 이 시를 좋아하는 이유는 항상 남들
이 다녀간 평탄한 길만을 고수했던 내 자신의 위험 회피 성향에 대한
아쉬움 때문이다. 대부분의 사람은 필자와 같이 불확실성을 싫어한
다. 더구나 아무도 가지 않는 길에는 어떤 역경과 시련이 기다릴지 모
르니 어지간한 강심장이 아니라면 가지 않는 것이 인간의 본성이다.

이런 아무도 가지 않는 길을 세계 최초로 광주가 가려고 한다. 몇
년 전 광주시와 현대자동차가 투자 협약을 체결하면서 첫발을 내디딘
광주형 일자리는 세계적으로도 유래가 없다. 물론 2014년에 광주시
가 아이디어를 기획할 당시 폭스바겐의 '아우토 5000'을 모델로 삼기

는 했다. 아우토 5000의 경우도 노사 및 지역 사회 간 사회적 대화를 통해 과도하지 않은 임금 수준을 확보하여 기업의 생산성 향상 및 양질의 일자리를 창출하려는 노사 상생 모델이라는 점은 광주형 일자리와 유사하다. 그러나 아우토 5000의 경우 100% 폭스바겐의 자회사 형태로 운영되었던 반면, 광주형 일자리는 자기자본(2,800억 원)을 광주시(21%)와 현대자동차(19%), 그리고 재무적 투자자 및 협력 업체(60%)가 분담하는 합작 법인 형태로 이루어진다. 최근에는 시민과 노동계도 주주로 참여시키는 '시민주 공모' 형태도 논의되고 있다. 세계 최초 모델이다.

광주형 일자리의 성공 여부를 100% 확신할 수 없는 상황에서 지금과 같은 합작 법인 형태는 리스크를 분산할 수 있다는 커다란 이점이 있다. 또한, 현대자동차 입장에서 보면 출범 초기 노사 타협이 어려운 상황에서 지자체, 협력 업체 등과 힘을 합쳐 노사상생의 대타협을 끌어낼 수 있었다는 점을 고려해 볼 때 합작 법인은 대체 불가한 '신의 한 수'였을지도 모른다. 이러한 많은 이점에도 불구하고 세계적으로 아무도 시도하지 않았던 합작 법인 형태의 광주형 일자리는 아직도 난제가 도사리고 있다. 첫째, 가장 시급한 사안은 총투자 규모(7,000억 원) 중 광주시(590억 원)와 현대차(534억 원) 분담금을 제외한 재원(약 5,900억 원)의 조달 문제이다. 특히 재무 구조가 취약한 자동차 협력 업체의 투자를 끌어내기 위해서는 많은 노력이 필요할 것이다.

둘째는 투자 협약 체결 시 '결정 사항의 유효 기간은 조기 경영 안정 및 지속 가능성 확보를 위하여 누적 생산 목표 대수 35만 대 달성 시까지로 한다'는 문구가 동 기간 중 단체 협상을 유예할 수 있다는 조항이 아닌 것으로 다소 애매하게 합의된 만큼, 앞으로도 지속적인 노사 타협이 필요한 부분이다.

세 번째 해결 과제는 생산 제품(경형 SUV)의 안정적 판로 확보 문제이다. 이미 국내 경차의 연간 판매량(14만 대 수준)이 상당한 상황에서 내수 및 수출 수요를 안정적으로 창출하는 것이 필수적이다.

그런데 광주형 일자리 사업이 광주시와 현대차의 합작 형태로 운영되다 보면, 사업이 위와 같은 어려움에 직면했을 때 투자자 간 책임 전가, 혹은 생산과 판매를 담당한 현대차가 전사적인 노력을 기울이지 못할 수도 있다는 점 등은 경계해야 할 부분이다. 그럼에도 세계적으로 '아무도 가지 않는 길'을 선택한 광주시가 그 길을 헤치고 가다 보면 지역 경제 활성화 및 청년들에 대한 양질의 일자리 창출뿐만 아니라, 우리나라 전체 제조업의 경쟁력 회복이라는 역사적 과업을 이루어 냈다는 달콤한 평가가 기다리고 있을 것이다.

광주시와 현대차의 용기에 최대의 찬사를 보내며 우리 국민 모두와 함께 성공을 기원한다. 광주형 일자리 추진 과정에서 시련은 있을지라도 실패는 없을 것이다.

베어 트랩을 극복하라!

160m 파3, 거리만 놓고 보면 웬만한 아마추어 골퍼도 어렵지 않게 온 그린이 가능한 거리다. 그러나 그린 주변이 온통 물과 모래 함정으로 둘러싸인 좁다란 그린이라면 문제는 달라진다. 우승 상금만 15억 원에 달하는 'PGA 혼다 클래식' 15번 홀이다. 동양에서 온 곰처럼 우직하게 생긴 선수가 15번 홀 티박스에서 깃대를 노려보며 고민에 빠진다. 안전하게 돌아가 파를 지킬 것인가? 함정에 빠질 각오로 닥치고 공격할 것인가? 현재 4위, 남은 홀은 4개, 순위가 앞선 경쟁자들은 세계 최고수들. 같이 플레이하는 선수는 현재 1위를 달리고 있는 호주 선수. 동반자가 함정에 빠져 경쟁에서 탈락해 주기를 은근히 기대하는 눈치다. 찰나의 망설임 끝에 작은 눈빛이 빛나고 거침없이 휘두른 아이언샷은 홀컵을 향해 맹렬히 직진한다. 갤러리의 함성과 함께 물과 모래 함정을 어렵사리 건너간 볼은 홀컵 2m 지점에 안착, 가볍게 버디를 낚는다. 순위가 4위에서 1위로 수직 상승하는 순간이다.

2020년 3월 1일, 필자는 코로나19 때문에 방안에 강제 칩거 중이었다. 답답한 마음을 후련하게 풀어준 선수가 바로 우리나라의 임성재

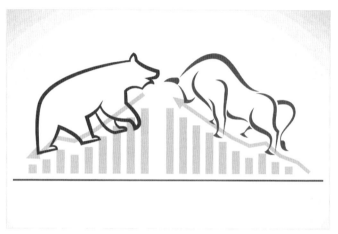

베어 트랩

선수. 미국 플로리다에서 벌어진 혼다 클래식, 공포의 '베어 트랩(곰의 덫, 15~17번 홀)'에서 2개의 버디를 낚는 공격적인 플레이를 통해 PGA 첫 우승을 일궈내며 15억 원을 거머쥔 통쾌한 장면이다. 혼다 클래식이 열린 팜비치 골프장의 '베어 트랩'은 워낙 어려워, 리스크를 감수하는 공격적인 샷에 대하여 성공에 따른 달콤한 보상이 주어지지만, 삐끗하면 곰이 파놓은 트랩에 걸려 천 길 낭떠러지로 떨어지기 때문에 세계 최고의 선수들도 공포에 떠는 홀이다.

사실 베어 트랩은 차트나 그래프를 이용하여 자산 가격을 전망하는 금융 시장에서 자주 쓰이는 용어다. 예를 들어 주식시장이 지지선을 뚫고 하락세를 보일 때, 일부 성급한 투자자들은 추가 하락을 염려하여 손절 매도를 하게 된다. 그러나 예상과 달리 시장이 상승세로 반전하게 될 경우, 이 성급한 투자자들을 베어 트랩에 빠졌다고 표현하는 것이다.

코로나19 사태로 우리 지역 경제뿐만 아니라 전 세계가 극심한 불황에 신음 중이다. 당초 필자를 비롯한 전문가들은 과거의 전염병 발생사례를 감안해 볼 때, 경기는 'V자형' 회복 가능성이 크다고 전망 한 바 있다. 하지만 코로나가 예상 밖으로 강한 전염력을 보이며 급기야 WHO에서 팬데믹(세계적 대유행)을 선언하자, 월가의 닥터 둠(Dr. doom, 경기 비관론자)같은 사람들을 필두로 상당수 전문가는 과거의 전염병 발생 사례와는 다른 미증유의 경제 위기가 촉발될 것이라고 경고

한다. 심지어 2008년 금융 위기와 다르게 '바이러스 위기'는 돈으로도 해결할 수도 없다는 자포자기적 충고 아닌 충고를 하는 사람도 있다. 물론 지금은 비관론자들의 논리를 귀담아듣고 리스크 관리를 강화해야 할 엄중한 위기 상황이다. 하지만 경제 위기의 전형적인 모습은 작은 충격에서 시작하더라도 언론과 투자자들의 '비관적 군집 행동'이 더해지면서 증폭되기 마련이다. 경제 주체들이 지나치게 위축될 경우 경기는 더욱 침체되는 악순환에 빠진다는 뜻이다.

희망 섞인 예를 들어 보자. 만약 한두 달 뒤에 코로나19 치료제가 전격 개발된다면? 필시 지금의 경기 침체는 '경제 위기' 전조였다기보다는 '베어 트랩'에 가까운 상황으로 급변하면서, 경기는 급반등(quick bounce)할 가능성이 농후하다.

우리 국민들은 위기 시에 더욱 강해지는 DNA를 가졌다. 영호남 지역감정을 뛰어넘어 광주시가 대구시를 위해 확진 환자를 데려와 진료해 준 '달빛동맹(달구벌+빛고을)', 착한 임대인 운동, 대구시로 달려간 전국의 의료진, 세계가 극찬한 우리나라의 공중보건 능력, 대규모 추경 편성, 기준 금리 인하, 미국과의 통화 스와프 체결 등 정부와 한국은행의 초강력 경제 대책 등등, 우리 국민들의 위기 극복 노력은 가위 전방위적이다.

중소 상공인들이여! 코로나바이러스보다 무서운 것은 절망의 바이러스다. 국민들의 응원을 등에 업고 지금의 위기를 극복하시라. 22살에 PGA를 정복한 임성재 선수의 용기를 담아, 곰의 아가리에 돌직구를 날리시라. 위기는 극복되고 열매는 달콤할 것이다.

주바일의 정신이 필요할 때!

최근 중국 경제에 대한 우려가 크다. 2016년에도 비슷한 우려가 있었다. 이 글은 한국은행 대전본부 근무 당시 우리 경제를 우려하며 썼던 내용이다. 다소 철 지난 내용처럼 보이지만 중국발 경제 위기가 논의되고 있는 지금 시점에서 우리나라가 처한 경제 상황이 당시와 매우 유사하다. 즉 당시 필자가 우려했던 중국의 차이나 인사이드(China Inside) 전략이 구체화 되면서 현재는 오히려 중국에 대한 무역 적자가 나타나고 있음이 심히 우려스럽다.

예일대 교수인 스티브 로치가 최근 국내 모 일간지와의 인터뷰에서 중국 경제에 대한 낙관론을 피력하는 것을 보고는 놀라지 않을 수 없었다. 주지하다시피 스티브 로치 교수는 마크파버, 루비니 교수와 함께 월가의 대표적인 닥터 둠(경제 비관론자)이 아니던가? 글로벌 경제에 대하여 비관적인 전망으로 일관하는 로치 교수에게 필자가 몇 년 전 한 세미나에서 "왜 경제에 대하여 항상 비관적으로만 보시느냐?"고 작심 돌직구(?) 질문을 날리자, "부모님으로 물려받은 성격 탓"이라는 유명 경제학자답지 않은 겸손하고 솔직한 답변에 오히려 머쓱했던 기억이 생생했기에, 로치 교수의 실로 오랜만에 듣는 낙관론에 관심을 가질 수밖에 없었던 것이다.

　로치 교수가 주장하는 중국 경제 낙관론의 근거는 크게 두가지로 요약된다. 첫째는 최근의 중국 경제 둔화는 구조 조정 과정에서 발생하는 불가피한 현상이고, 두 번째로는 설사 중국 경제가 경착륙 위기가 닥치더라도 중국 정부가 재정 및 통화 정책으로 위기를 헤쳐 나갈 수 있는 실탄이 넉넉하다는 것이다. 최근 중국의 경제 위기에 대한 비관적인 전망이 많은 상황에서, 로치 교수의 낙관론에 좀 더 신뢰가 가는 것은 '닥터 둠의 역설적인 장밋빛 전망' 때문이기도 하지만, 그가 몇 년 전 세계적인 금융 회사인 모건 스탠리의 아시아 회장을 역임하면서 중국 경제를 현장에서 체험하고 분석했던 최고의 중국 전문가이기 때문이기도 하다.

　로치 교수의 주장대로 중국 경제의 위기가 아니라면 중국 의존도가 높은 우리나라도 안심해도 된다는 것인가? 단언컨대 천만의 말씀이다. 중국 경제는 기존의 과잉생산으로 통칭되는 수출, 투자 중심 경제에서 내수와 서비스 중심으로 패러다임이 바뀌는 뉴 노멀화(New Normal, 新常態)가 진행 중이다. 중국 경제의 뉴 노멀화가 진행되는 과정에서 금융 시장의 변동성은 커지겠지만 로치 교수의 주장대로 위기로까지 진행되지는 않을 것 같다.

문제는 '중국의' 위기는 아닐지라도 중국 의존도가 높았던 국가들이 '중국발' 위기에 노출될 가능성은 매우 크다는 점이다. 중국 뉴 노멀화의 특징 중 하나는 고성장에서 중성장으로 성장률이 둔화되는 것인데, 이 과정에서 올드 노멀(Old Normal) 경제 기간 중 중국에 대규모로 원자재를 수출하던 국가들이 일차적인 타격을 입을 것이다. 이차적인 피해 국가는 우리나라와 같은 제조업 중간재 수출국들이다. 중국의 산업 구조 고도화 과정에서 제조업 경쟁력이 강화되는 소위 '차이나 인사이드(China Inside)' 전략으로 인해, 우리나라와 같이 중국에 중간재를 수출하던 국가들이 중국의 뉴 노멀화에 매우 취약해지는 것이다.

이런 논리에 따라 최근 모건 스탠리는 중국의 변화에 가장 취약한 10개국(trouble 10)으로 브라질, 콜롬비아, 러시아 등의 자원 수출국과 한국, 타이완 등을 포함한 중간재 수출국들을 지목한 바 있다.

특히 충청남도 상황은 더욱 심각하다. 충남은 그동안 수도권 규제 등으로 대기업의 제조 공장이 많이 들어서면서 중국에 대한 중간재 수출로 높은 성장세를 유지했었지만, 앞으로는 중국에 대한 수출 의존도가 45%로 전국에서 가장 높아 중국발 위기에 취약할 수밖에 없다. 그렇다고 수출을 촉진할 뾰족한 묘수가 보이지도 않는다. 충남의 주력 산업은 반도체, 석유 화학, 디스플레이 등 대규모 장치 산업이어서 단기간 내 산업 구조 변경이 어렵거니와 대기업 본사가 다른 지역에 위치하여 지자체 차원에서 주도적으로 뭔가를 도모하기도 힘들다. 바야흐로 충남 경제의 위기이다.

그렇다고 손 놓고 당하고만 있을 것인가? 신창타이를 잘 살펴보면 충남에 기회 요인도 분명히 있다. 중국이 내수, 서비스 중심 경제로 진행되면 2025년에 중산층이 6~7억 명이 생기는데 이는 우리나라 중산층 인구의 약 20배에 해당하는 세계 최대 시장이 충남의 지근거리에 위치하게 됨을 의미한다.

1970년대 초 1차 오일쇼크는 지금과는 비교할 수 없을 정도의 심각한 경제 위기였다. 당시 박정희 대통령은 사우디로부터 주바일 항구 개발 프로젝트를 제안받고 공무원들을 파견한다. 공무원들은 실사 결과 "사막이 비가 안 오니 너무 뜨겁고, 모래밖에 없는 '최악'의 건설 환경"이라고 보고한다. 이번에는 똑같은 지역에 현대건설 정주영 회장을 파견하자 "주바일은 비가 안 오니 쉬지 않고 공사할 수 있으며, 모래가 지천으로 깔려 있으니 자재 걱정도 없는 '최상'의 건설 환경"이라고 보고함으로써 중동 건설 신화의 첫 단추를 성공적으로 마무리하고 위기를 극복하게 된다.

지금 충남의 경제인들에겐 '주바일의 정신'이 절실히 필요할 때이다. 충남의 서비스업 경쟁력이 약하다고 하나 반대로 발전 가능성이 크다는 것이요, 지금까지는 요우커들이 충남에 거의 오지 않았지만, 중국과의 지근거리인 충남의 이점을 잘만 활용한다면 대박을 칠 수도 있다. 주바일의 신화에 도전할 것이냐의 선택은 우리 몫이다.

재주는 곰이 부리게 하라

　'모든 길은 로마로 통한다!'는 말은 과거 로마가 유럽을 정복하는 과정에서 로마 군이 정복지로 신속하게 이동할 수 있도록 건설한 도로로 인해 경제적으로도 로마가 교역의 중심지가 된 데서 유래한다. 그런데 고대 로마는 남부 이탈리아반도의 작은 어촌에서 소금을 거래하던 상인들이 만든 나라로, 로마가 발전한 이유 중 하나도 바로 소금이었다. 테베레강 하구에서 생산된 소금을 대륙으로 수출하던 '소금길'이 초창기 로마를 번영으로 이끌었는데, 재미있는 것은 소금길이 제대로 갖추어지기 전에는 소금값보다 운반료가 훨씬 비쌌다는 것이다. 낙타 네 마리로 소금을 운반해 오면 운반료로 세 마리가 운송한 소금을 지불해야 했다.

　19세기 중반 미국 샌프란시스코에서 대규모 금맥이 발견된 이후 캘리포니아로 사람들이 몰려드는 이른바 '골드러시'가 일어난다. 그런데 아이러니하게도 당시 금을 캐서 부자가 된 사람보다는 이들을 이용하여 부자가 된 경우가 많았다. 예를 들어 금 광부들에게 질긴 천으로 만든 '리바이스' 청바지를 팔아 갑부가 된 리바이 스트라우스와 금광 업자에 대한 역마차 운송 서비스와 은행업으로 오늘날 세계 최대 규모의 '웰스파고' 은행을 일군 웰스와 파고의 이야기는 오늘날까지도 부자의 역발상으로 회자된다.

우리나라는 주력 산업이 조선, 자동차, 석유 화학, 전기·전자 등 제조업 중심으로 이뤄져 있다. 제조업은 우리나라를 세계 최빈국에서 선진국 문턱까지 이끈 일등 공신인 게 사실이다. 그러나 최근 중국의 차이나 인사이드 전략 등으로 우리나라 '제조업의 위기'라고까지 단언하는 전문가도 많다. 위기에 빠진 우리나라의 제조업 수출을 되살려야 한다는 데에 이견을 달고 싶지는 않다. 다만, 장기적으로 우리나라가 지속적인 성장을 담보하기 위해서는 제조업에 올인하기보다는 성장 및 고용 기여도가 높은 서비스업을 집중적으로 육성할 필요가 있다는 점을 간과해서는 안 된다.

우리나라 총생산 중 서비스업이 차지하는 비중은 60%가 넘어 제조업 비중(31%)보다 크게 높다. 더구나 성장에 실질적으로 도움이 되는 부가 가치 창출 능력은 서비스업이 제조업보다 월등하다. 예를 들어 전기·전자의 총수출액 대비 부가 가치 수출액 비중은 40% 수준에 불과하다. 100달러를 수출했으면 고작 40달러만이 우리나라에서 생산했다는 뜻이다. 반면 서비스 수출의 경우 이 비율이 147%에 달하여 서비스업의 성장기여도가 훨씬 높음을 알 수 있다. 고용 효과의 차이는 더욱 극명하다. 예를 들어 10억 원의 생산을 위해 전기·전자 업

종은 약 5명만 고용한 데 비하여 사업 서비스는 30명에게 취업 기회를 주었다.

제조업보다는 서비스업을 육성해야 한다는 이유가 전술한 바와 같이 서비스업의 성장 기여도 및 고용 창출 효과가 제조업에 비하여 훨씬 높다는 측면도 있지만, 보다 현실적인 이유가 있다. 바로 중국의 경제 굴기를 감안할 때 한국 주력 산업의 기술 경쟁력은 시간이 갈수록 중국에 밀리는 양상이어서 우리나라 제조업의 지속적인 성장 잠재력에 한계를 보일 수밖에 없다. 그러나 중국의 서비스업 산업 비중이 아직 50% 수준에 머물고 있고 서비스업의 경쟁력도 낮은 점을 생각해보면 우리나라의 서비스업 발전 가능성은 매우 높다고 할 수 있다.

세계 최대 온라인 쇼핑몰인 알리바바의 최대 주주는 소프트뱅크 손정의 회장이다. 손정의 회장의 지분은 34%지만 창업주인 마윈의 지분은 8%에 불과하다. 재주는 마윈이 부리고 돈은 손정의가 가져가는 꼴이다. 로마에서 피땀 흘려 우직하게 소금을 만들었던 염전의 부지런한 농부보다 소금을 운반해준 운송 서비스업자가 소금값의 3배를 챙겼다. 캘리포니아 금광 업자는 어두운 갱도에서 분진을 마셔가며 열심히 금을 캤지만 실제로 부자가 된 사람은 금광 업자에게 돈을 꿔주고 금을 운송해주었던 웰스파고였다.

중국을 비롯한 신흥국들의 성장 둔화와 고령화, 저출산 등에 기인한 내수 부진이 겹치면서 우리나라는 저성장의 늪에서 좀처럼 빠져나오지 못하고 있다. 우리나라도 이젠 재주는 곰이 부리게 하고 실속을 챙기는 '부자의 역발상'을 주목해야 할 시점이다.

오답이 답이다

'오답 노트'는 수험생에게 필수품이다. 틀린 문제가 왜 틀렸는지 정답은 무엇인지를 정리하는 습관을 기름으로써 다음에 비슷한 유형의 문제를 틀리지 않도록 하는 것이 목적이다. 오래전 학창 시절의 기억을 더듬어 보면 공부를 잘하는 친구들은 공통적으로 두툼한 오답 노트를 가지고 있었다. 이렇듯 '정답'과 '오답'이 반드시 구분되는 입시 문제에서는 오답을 피하고 정답을 찾게 해주는 오답 노트의 효용이 극대화된다. 그런데 쉬운 정답을 포기하고 미련스럽게 오답을 찾아 헤매는 바보들(?)도 있다.

2010년 설립된 샤오미는 터무니없는 저가 정책으로 '대륙의 실수'라는 조롱을 받았다. 그러나 대륙의 실수는 당시에는 오답이었을지 모르나 불과 5년 만에 중국 스마트폰 매출 1위 업체가 되고 비상장 기업가치로 우버에 이어 세계 2위의 스타트업 기업으로 급성장하며 과연 실수인지 실력인지를 되묻고 있다.

샤오미의 설립자 레이쥔은 "태풍의 길목에 서면 돼지도 날 수 있다"며 모바일과 인터넷 태풍 속에서 소셜커머스와 온라인에 집중하여 유통비를 획기적으로 절감한 끝에 최고의 '가성비'를 갖춘 제품으로 세게 IT 업계에 지각 변동을 일으키고 있다. 수험생의 오답 노트에 "돼지는 날 수 없다"고 기록되어 있지만, 레이쥔은 오답 속에서 반전의 가능성을 발견한 것이다. 레이쥔은 지금도 직원들에게 보내는 메시지에서 "우리는 다른 사람들이 꿈꾸지 않은 곳으로 여행할 것"이라며 끊임없이 오답을 찾아 나설 것이라고 기염을 토하고 있다.

스티브 잡스는 1977년 애플2를 개발하여 '1980년대 중반까지 이어지는 개인용 컴퓨터의 중흥기를 이끌고 있었다. 해적정신은 스티브 잡스 스스로 축적했던 애플 2의 성공적 PC 시장을 파괴하고 새로운 시장을 창조하겠다는 '창조적 파괴' 정신을 보여주는 대표적인 일화이다. 해적정신을 바탕으로 당시로서는 상상하기 힘들었던 그래픽 유저 인터페이스(GUI)와 마우스를 이용한 PC 개발에 성공하고 세계 IT 업계의 혁신 아이콘으로 존재감을 확실하게 각인시키는 계기를 만든다. 수험생의 오답 노트에서 '해적'은 '해군'이라는 정답을 쓰기 위해 기억해야 할 오류에 불과하지만, 스티브 잡스에게는 성공의 열쇠로 둔갑한 것이다.

세계적인 컨설팅 업체인 보스턴그룹에서 발표한 2022년 세계 50위 혁신 기업에 우리나라 기업으로는 삼성전자(7위) 1개 업체밖에 없다. 현대차와 LG조차도 순위에서 벗어나 있다. 더욱 아쉬운 것은 우리나라 기업 중 테슬라와 같은 세계적인 신생 혁신 기업이 나타나지 않고 있다는 것이다.

최근 중국발 주가 폭락 등으로 국제금융 시장이 불안해지고 세계 경제의 저성장에 대한 두려움이 팽배하다. 전 세계적인 저출산 고령화 현상 속에서 당분간 저성장을 극복하기는 쉽지 않을 것 같다. 글로벌 경제의 저성장이 불가피하다면 결국 정체된 파이 크기를 제로섬 게임을 통해 빼앗아 오는 수밖에 없다. 지속적인 성장으로 파이가 커져왔던 올드 노멀(old normal) 시대의 정답은 이제 더 이상 정답이 아닌 것이다.

가능성 있는 오답을 찾아 떠나자. 미련하게 오답을 찾아 떠나는 여행에는 기존의 질서를 파괴할 수 있는 용기, 즉 '기업가 정신'이라는 동반자가 반드시 필요하다. 세계 기업가 발전 정신 기구에 따르면 우리나라의 기업가 정신은 OECD 34개국 중 22위에 불과하다. 오답 노트에 적힌 정답을 지워버려야 하는 이유다.

모난 돌을 찾아라

학교에서 특강을 할 때마다 느끼는 한 가지 아쉬움이 있다. 웬만해서는 우리나라 학생들이 질문하지 않는다는 것이다. 선진국의 대학에서는 학생들의 질문이 너무 많아 교수가 애를 먹는 것과는 정반대 현상이다. 이유는 한 가지다. 우리나라 학생들은 자신의 질문이 행여 가치 없는 질문으로 치부되지 않을까? 하는 두려움 때문이다.

'모난 돌이 정 맞는다', '가만히 있으면 중간이나 간다', '밥 먹을 때 얘기하면 복이 달아난다' 등의 속담에 익숙한 학생들이 주변의 눈총을 살지도 모르는 질문을 하지 않는 것은 어쩌면 당연한지도 모르겠다. 겸양을 최고의 덕목으로 여기는 유교적 전통도 한몫하고 있다. 하지만 우리나라가 인공 지능을 중심으로 하는 4차 산업혁명 시대를 대비하기 위해서는 모난 돌을 정으로 칠 것이 아니라 오히려 장려해야 한다. 동서고금의 모난 돌들이 얼마나 세상을 바꾸어 왔는지 살펴보자.

아이폰 신화의 스티브 잡스와 전기차 테슬라의 창업자 일론 머스크는 최고의 혁신 아이콘으로 간주된다. 이들의 괴팍하고 까칠하며 기행적이기까지 한 성격은 그들의 혁신적인 아이디어만큼이나 유명하니 굳이 설명이 필요 없다. 가히 당대 최고의 모난 돌이라 할 수 있다.

알파고와의 일전으로 스타덤에 오른 이세돌도 바둑계에서는 잘 알려진 반항아였다. 실력을 반영하지 않는다고 정규 승단대회를 거부하고 세계 최강 3단으로 오랫동안 머물렀다. 바둑계는 이 모난 돌 때문에 일반 기전을 승단 대회로 대체하고 우승자에게 특별 승단을 시킴으로써 제도 개선의 계기를 마련하게 된다. 한참 잘나가던 시절 "자신이 없어요, 질 자신이!"라며 유교적 겸양지덕과는 거리가 먼 자신감이 오늘의 이세돌을 만들었다.

정주영은 어린 시절 하고 싶은 일을 해보기 위하여 네 번의 가출을 감행한다. 역시 역대급 모난 돌이다.

15세기 피렌체에서 르네상스가 꽃피운 이유는 메디치 가문이 적극적으로 재정 지원을 한 이유도 있었지만, 천문학적인 돈을 투자하면서도 작품의 최종 서명은 장인의 이름을 새기게 한 모난 정책 때문이었다. 이런 창작의 자유 때문에 미켈란젤로, 레오나르도 다빈치 등 100년에 한 번 나올까 말까 하는 천재들이 이 시기에 집중될 수 있었다.

앞으로는 국·영·수를 잘하는 착한 학생보다는 제멋대로 상상하고 모나게 행동하는 유교적 전통의 기준에서 보면 소위 '싸가지 없는(?)' 학생이 더 필요하다. 국·영·수는 인공 지능이 담당하고, 인간은 창의력에 기반한 혁신에 주력해야 하기 때문이다. 혁신의 출발은 모난 돌을 인정하는 데 있다.

실패 전문가의 남는 장사

우리나라 취업 준비생의 대부분은 안정적인 공기업이나 공무원, 대기업을 선호한다. 지금은 상황이 달라지긴 했지만, 몇 년 전까지만 해도 9급 공무원의 경쟁률이 100대 1을 훌쩍 넘었었다. 현재도 이공계 학생 중 가장 우수한 재원들은 우선적으로 의·치·약대에 지원한다. 인기 없는 대학의 의·치·약대에도 합격이 어렵다고 판단되는 경우에만 하는 수 없이(?) 명문대 공과대에 지원한다고 한다.

필자와 같은 기성세대들은 한국 경제의 미래 먹거리를 책임져야 할 우수한 젊은이들이 안전한 직업만을 선호하는 현상에 대해 안타까움을 금치 못한다. 하지만 주어진 여건에서 가장 합리적인 선택을 하는 것이 인간의 본성이다. 즉 지금의 취업 환경에서 젊은이들이 선택할 수 있는 최선의 선택은 공무원, 의사, 약사가 되는 것이라고 봐야 할 것이다.

우수 인력이 기업 활동에 투입되지 못하는 것이 경제에 결코 이롭지 않다. 그럼에도 젊은이들은 자신들의 장래를 위해서는 안전한 직업 선택이 최선이라고 주장한다. 과연 그럴까? 그들의 선택이 과연 옳

은지 냉정하게 따져보자.

직업인으로서 공무원, 의사, 약사의 가장 큰 장점은 안정성이다. 이들 직업 군들은 큰 부를 축적하기는 어려워도, 이변이 없는 한 정년이 보장되고 부침이 없는 생활을 누릴 수 있다. 취업에 저당 잡힌 이른바 N포 세대에게 이만한 조건이 없다. 반면, 창업을 통한 기업가의 길은 가시밭길이다. 십중팔구는 사업에 실패한다. 대부분의 기업가는 수많은 실패 후에야 성공의 열매를 수확한다. 그러나 그 열매는 달콤하기 그지없다. 일단 성공하면 공무원 같은 안전한 직업군의 소득과는 비교할 수 없는 많은 부를 축적할 수 있다. 결국 안전 운행보다는 창업을 통해 많은 소득을 기대할 것이냐의 판단 기준은 창업의 실패 확률에 대한 인식이다. 구태의연하지만 '실패는 성공의 어머니'라는 경구를 믿고 창업하려면 실패 확률이 낮아야 한다.

그런데 젊은 인재들이 실패 확률을 간과하고 있다. 100대 1의 경쟁률을 뚫고 공무원 시험에 합격하거나 이공계 최고의 학업 성적으로 의·치·약대에 합격하는 학생들의 공통점은 무엇인가? 바로 이들은 우리나라에서 가장 명석한 두뇌의 소유자임과 동시에 치밀하고 성실하기까지 한 재원들이다. 즉 '명석하고 성실한' 젊은이들이 치밀한 계획 하에 선진 기술로 무장하여 창업할 경우 평균적인 사람들에 비하여 실패 확률이 현저히 낮을 수밖에 없다. 이런 사실을 직업 선택의 판단 기준에서 누락한 나머지, 실패가 두려워 어마어마한 부를 축적할 기회를 스스로 차버리는 우를 범하고 있다.

N가지를 포기한 세대

20대의 정주영은 '실패 전문가'였다. 네 번의 가출과 수많은 실패 끝에 쌀가게 복흥상회를 열었지만, 1937년 전국적인 쌀 배급제 시행으로 문을 닫고 만다. 곧이어 오픈한 아도 서비스라는 자동차 수리 공장도 한 달 만에 화재로 잿더미가 된다. 실패라는 단어에 익숙했던 정주영은 좌절하지 않았고, 고리대금업자에게 무릎을 꿇고 빌린 자금으로 신설동에 무허가 자동차 수리 공장 아도 서비스를 재창업한다. 오늘날 현대자동차의 전신이다.

세계적인 핀테크 기업 페이팔과 전기차 테슬라의 창업자 일론 머스크는 혁신의 CEO로 각인되어 있지만, 사실은 실패 전문가이다. 화성에 가겠다는 꿈 하나로 미국 최초의 민간 우주 항공 업체인 스페이스엑스를 창업하고 천문학적 비용이 들어가는 로켓 발사를 무모하리만치 도전하지만, 번번이 실패한다. 2008년 세 번의 발사 실패와 전기차 테슬라의 출시 지연으로 힘들 때 머스크의 실패를 높이 평가한 NASA가 15억 달러를 투자하게 된다. 지금은 가장 저렴하게 우주에 물건을 날라주는 유일한 민간 우주 업체로 성장했을 뿐만 아니라, 향후 10년간 발사 스케줄이 꽉 차 있다.

지금도 머스크가 실패할 때마다 전 세계로부터 투자 자금이 오히려 더욱더 쌓인다고 한다. 머스크는 "실패는 우리 회사의 옵션이다. 실패하지 않았다면 당신은 충분히 혁신적이지 못했다는 증거이다"라며 지금, 이 순간에도 직원들에게 '실패를 강요'하고 있다. 실패의 경제학은 분명 남는 장사다.

정보가 미래다

몇 년 전 인기리에 방영되었던 「육룡이 나르샤」라는 드라마(팩션사극)에서는 '지재상인'이라는 생소한 용어가 등장한다. 재물의 가치가 있는 정보를 사고파는 상인이라는 뜻이라고 한다. 고려말 숨 막히는 권력 암투 과정에서 보다 양질의 정보를 갖고 있는 세력이 결국 정쟁에서 승리하게 된다. 그 과정에서 결정적인 정보는 지재상인이 제공하고 그 대가는 정보의 가치에 따라 부르는 게 값이다. 지재상인은 정보를 확보하기 위하여 수많은 자객과 세작(스파이)을 양성하는 등 인적 물적 투자를 아끼지 않는다.

구한말 급진개화파 홍영식에 의해 세워졌던 근대적인 우편 제도 '우정총국(1884년, 고종 21년)'은 1905년 한일통신합동조약에 따라 일제에 통신권을 빼앗기게 된다. 조정래는 소설 『아리랑』에서 당시의 상황을 이렇게 묘사하고 있다. "일본이 우체국을 장악한 것은 곧 반도 땅 전체가 그들의 손아귀에 잡혀버린 것을 뜻했다. 우체국을 통해 전국의 정보가 샅샅이 한성으로 집결되었다. 우체국이 파발마보다 편리한 신식 제도인 줄만 알았지, 그런 음흉한 조직인 줄은 까맣게 모른 채 황제와 정부는 또 경부철도 부설권까지 일본의 손에 넘겨 주었던 것이다.”

일제가 우리나라를 수탈하기 위하여 최우선으로 우체국을 빼앗고 철도를 부설한 것은 바로 정보가 가장 빨리 유통되는 통로를 선점하기 위함이었다. 이렇듯 역사적으로도 정보는 권력과 재산을 확보하는데 가장 중요한 역할을 하고 있었다.

인간과 컴퓨터의 대결에서 인간계 최강 이세돌을 일축한 인공 지능 알파고의 승리는 전 세계를 충격에 빠지게 했다. 알파고를 개발한 구글 딥마인드 측은 이번 승리를 1969년 아폴로 11호의 달 착륙에 비유할 정도로 인공 지능(AI)의 세계가 열렸다고 기염을 토했다. 그런데 여기서 궁금한 게 있다. 그동안 수많은 천재 컴퓨터 프로그래머들이 도전했지만, 프로 바둑 선수를 이기지 못할 정도로 무한대의 상상력이 필요한 바둑을 알파고는 어떻게 이기게 되었을까? 알파고는 왜 구글이 만들었을까?

사실 신경망과 가치망 등을 활용하는 컴퓨터 바둑 프로그램의 로직은 대부분 공개되어 있다고 한다. 다른 회사가 아닌 바로 구글이 인간을 이기게 된 것은 바로 빅데이터의 힘이었다. 구글은 전 세계에서 가장 많은 빅데이터를 보유한 기업이었고, 딥러닝(Deep Learning)이라는 프로그램으로 3천만 건의 프로 바둑 기보를 학습한 알파고가 인간의 상상력까지도 극복하게 된 것이다. 즉 이세돌은 빅데이터의 힘에 졌다고 해도 과언이 아니다.

빅데이터는 이미 우리 생활 곳곳에 자리하고 있다. 신용카드 회사들은 고객의 소비 패턴을 분석해 불법 도용 거래를 미리 경고해주고 있다. 음악 소스 제공 회사들은 고객의 과거 SNS 자료 등을 분석해 취향에 맞는 콘텐츠를 미리 제공해 준다. 서울의 심야버스는 빅데이터 분석을 기초로 노선을 정했다. 알리바바는 광군제(솔로데이) 기념행사에서 단 하루 만에 100조 원을 팔아치우는 기염을 토하는데, 천문학적인 판매 물량을 단기간에 배송하는 데에 빅데이터의 힘이 절대적이었다고 한다.

초고속 인터넷 보급률, 스마트폰 보급률, 신용카드 결제 비율이 세계 1위인 우리나라는 빅데이터 활용 인프라가 세계 최고 수준이다. 그럼에도 빅데이터 활용 기술은 선진국의 60% 수준에 불과하다. 빅데이터를 수집하고 저장하는 기술은 좋지만, 빅데이터를 분석하고 상업화하는 기술은 많이 뒤처져 있는 게 현실이다. 우리나라 주력 산업이 지나치게 제조업 위주의 올드 노멀(Old Normal) 경제에 머물러 있기 때문일 것이다.

중국의 항저우시 알리바바 본사에 있는 빅데이터 센터에는 세 명이 나란히 고개를 숙인 채 서 있는 조형물(三人行 必有我師, 여러 사람이 가면 반드시 스승이 있다는 논어 문구를 형상화)이 있다. 빅데이터를 기반으로 고객의 마음을 읽고 수요를 파악하겠다는 의지의 표현이라고 한다. 개구리 울음소리처럼 촌스러워(?) 보이는 구글(Google)은 원래

10100을 의미하는 구골(Googol)에서 따왔다고 한다. 세상의 모든 정보를 갖겠다는 구글의 야망이다.

인류의 4차 산업혁명을 이끌어갈 인공 지능(AI) 시대에 대응하기 위해서 빅데이터의 활용은 더 이상 선택이 아닌 미래 먹거리가 달린 생존의 문제다. 단언컨대 빅데이터를 공부한 젊은이는 취직 걱정 안 해도 된다.

우공이산(愚公移山)은 오행이다

　우공이산(愚公移山)! 우공이 높은 산에 가로막혀 왕래가 불편해지자 1년 동안 산을 깎아낸다. "대를 이어 일을 하다 보면 언젠가는 평평해지겠지." 하며 쉼 없이 노력하는 모습을 가상히 여긴 옥황상제가 산을 옮겨주었다는 전설이다. 어떠한 어려움도 굳센 의지로 밀고 나가면 극복할 수 있다는 것을 비유하는 말이다. 하지만 우공이산이 '하면 된다!'는 긍정적 메시지보다는, '노력해도 안 되는' 일을 미련하고 우직하게 추진하는 경우를 조롱하는 말로도 자주 쓰인다.

　최근 다소 살아날 기미를 보이긴 하지만, 일본 경제가 1990년대 초 이후 저성장의 늪에 빠진 잃어버린 20년 동안 일본 정부의 조치들은 가히 눈물겨웠다. 천문학적 규모의 재정 투입(일본의 국가 부채 비율은 버블붕괴 직전인 1990년 GDP의 47% 수준에서 지금은 400%를 상회하는 세계 최고 수준이다), 제로 금리 정책도 모자란 마이너스 금리 도입, 2,000조 원에 달하는 양적 완화 등등. 일본산 우공(愚公)은 20년간 태산을 옮기려 노력했건만 옥황상제가 산을 옮겨주기는커녕 흙더미를 더 쌓아버린 느낌이다. 무엇이 문제인가?

일본의 장기 침체는 1985년 플라자합의 이후 급등한 엔화 가치의 약세를 유도하기 위해 금리를 인하한 결과, 형성된 부동산 버블이 1990년대 들어 급격히 붕괴되면서 시작된다. 이후 일본 정부의 초완화적 재정 통화 정책에도 불구하고 회생의 기미가 없었던 가장 큰 이유는 바로 '잠재 성장률(물가 상승을 유발하지 않고 달성할 수 있는 최대 성장률)'이 하락한 때문으로 봐야 하며, 일본의 잠재 성장률 하락은 다분히 '저출산 고령화'에 기인한다.

대부분의 전문가는 인구 고령화로 잠재 성장률이 떨어진 상태에서 지나친 완화 정책은 경기 부양 효과는 적은 반면, 재정 건전성 악화, 부동산 거품, 부채 증가, 구조 조정 지연 등 부작용만 많아지게 된다고 진단한다. 초완화적 통화 정책이 미국에서는 성과를 거두었으나 일본에서는 실패한 이유도 일본이 미국보다 훨씬 고령화 사회라는 데에서 그 이유를 찾고 있다.

우리나라도 저출산 고령화 현상과 더불어 위기를 겪고 있다. 그렇다면 많은 사람이 우려하는 우리나라 경제도 일본식 장기 침체의 길을 답습할 것인가? 결론부터 말하자면 우리 하기 나름이다. 이해를 돕기 위해 우리나라의 상황을 1990년대 초반의 일본과 비교해 보자. 일본보다 불리한 상황은 우리나라의 고령화 속도가 일본보다 훨씬 빠르고, 1990년대 초반 세계 2위 경제 대국으로 군림하던 일본보다 자본 축적이나 세계적인 기업 수도 크게 부족하다는 점 등이다. 참고로 1988년에는 시가 총액 기준 세계 10대 기업 중 8개가 일본 기업이었다.

반면 당시 일본보다 현재의 우리나라 상황이 유리한 여건도 많다. 당시 일본의 부동산 버블은 심각했었지만(1990년대 초반 도쿄의 땅값으로 미국 전체를 사고도 남았다), 현재 우리나라의 부동산 가격을 버블이라고 보기 어렵다. 우리나라에 거주하는 외국인은 전체 국민의 3%에 육박하여 이민자 비율이 1%에 불과한 일본보다 이민정책도 양호하다. 플라자합의 이후 초강세를 보였던 엔화와 달리, 현재 원화는 비교적 안정적이다. 중국이라는 엄청난 소비 시장이 지근거리에서 급성장하고 있는 점도 1990년대 일본이 누리지 못한 기회 요인이다.

20년의 시차를 두고 두 나라가 처한 여건을 두고 유불리를 따지기는 어렵지만, 일본이 20년간 우직하게 시행했던 우공이산의 노력이 효과가 없었다는 점은 명백한 반면교사다. 일본은 고령화에 따른 잠재 성장률 하락 현상을 외면한 채, 인기 영합주의에 함몰되어 천문학적인 돈을 푸는 임시방편적인 경기 부양책으로 일관했다. 구조 개혁을 통해 잠재 성장률을 높이는 것이야말로 우공이산(愚公移山)의 요행을 뿌리치고 우리 경제가 일본화의 전철을 밟지 않는 길이다.

포스트 코로나 시대, '세 가지 기본'을 지켜라

몇 년 전까지만 해도 세계 최고의 달리기 선수였던 우사인 볼트는 결승선에서 항상 여유 있게 경쟁자들을 따돌리고 능글맞은 미소를 지으며 들어온다. 우승 직후 빠지지 않는 익살스러운 '번개 세리머니'는 그 자체가 브랜드화되어 팬들을 즐겁게 한다.

필자는 이 장면을 볼 때마다 엉뚱하게도 '천재는 노력하는 자를 당할 수 없고 아무리 노력해도 즐기는 자를 이길 수는 없다'라는 동서고금의 진리가 느껴진다. 언감생심 천재 축에는 끼지도 못하는 필자가 매너리즘에 빠져 노력하기조차 싫어질 때, 내게 주어진 일을 즐기기 위하여 간혹 이 유쾌한 천재를 떠올리기도 한다.

필자의 주요 업무 중 하나가 광주·전남지역 경제를 모니터링 하고 정책 대안을 제시하는 것이다. 우리 지역의 경제 사정이 상대적으로 취약하다 보니 지역 경제 분석 업무가 항상 즐겁지만은 않았지만, 나름대로 보람과 희망을 찾을 수 있었다. 그런데 최근 한국은행 광주전남본부가 발간한 「코로나19가 광주·전남지역 경제에 미치는 영향」 보고서를 작성할 당시에는 아무리 우사인 볼트를 떠올려도 즐길 수가 없

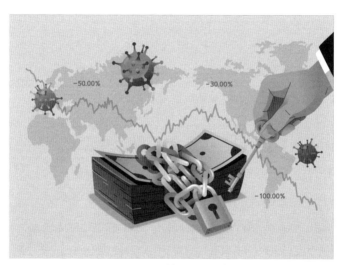

포스트 코로나(Post Corona)

었다. 고강도 사회적 거리 두기와 글로벌 수요 급감 등으로 상당폭의 부정적인 영향을 예상했지만, 조사 결과는 과거 어느 위기 때보다 심각하여, 소상공인, 자영업자들의 어려움을 생생하게 느낄 수 있었기 때문이다.

코로나 위기가 쉽게 끝나지 않을 듯하니 앞으로가 더 문제 아닌가? 포스트(post) 코로나 시대를 슬기롭게 대비하기 위하여, 우리 본부의 조사 결과 나타난 몇 가지 특징을 바탕으로 정책 대안을 생각해 보기로 한다. 결론부터 말씀드리자면, 조사 결과는 우리가 모두 다 아는 '기본에 충실해야' 한다는 사실을 증명하고 있다.

첫째는 제조업 기반 확충의 중요성이다. 조사 결과 광주·전남의 주력 제조업인 자동차, 석유 정제·화학, 철강 산업 등이 모두 -10%~-30%가량의 생산 및 수출 감소에 시달리는 것으로 나타났다. 반면 서비스업의 매출 감소율은 3월 중 전년 동기비 -60%~-80%에 달할 정도로 제조업보다 훨씬 더 심각하였다. 특히 문화·공연 산업의 매출 감소율은 약 -85%에 이를 정도로 궤멸적이었다.

OECD가 올해 한국의 경제 성장율을 -1.2%로 전망하여 G20 국가 평균 성장률(-2.8%) 보다 상대적으로 높게 본 이유도 우리나라의 제조업 기반이 여타국가들보다 튼튼하다는 것이었다. 즉, 전염병 위기 시에 대면 활동에 의존하는 서비스업보다는 비대면 생산이 가능한 제조업의 위기 대응력이 크다는 것을 의미한다.

두 번째 충실해야 할 기본은, 경제 살리기의 가장 효율적인 대책이 성공적인 '방역'이라는 점이다. 예를 들어 외식업체의 고객 감소율(1월 20일 이후 6주간 평균)을 보면 전라권이 -64%로 코로나19 확진자가 많았던 경상권(-74%)에 비하여 양호하였고, 신용카드 사용액 증가율도 빠른 방역에 성공했던 광주·전남지역이 여타지역보다 좋았다. 즉, 코로나 위기에 빠진 경제 살리기 대책으로 지자체나 당국의 '경제 살리기 운동'보다도 '방역에 치중'하는 것이 더 효과적임을 뜻한다.

세 번째 기본은, 온라인 비대면 산업의 적극적인 육성 필요성이다. 코로나19의 확산세가 본격화되었던 지난 2월 중 대형 소매점 판매액 지수는 광주광역시가 -16.6%(전남 -10.6%)의 감소를 나타냈음에도, 온라인 매장의 신용카드 사용액은 광주가 +51.4%(전남 +68.4%)의 큰 폭 증가를 보였다. 그런데 문제는 인터넷 쇼핑 플랫폼이나 배송서비스 등 온라인 관련 업체가 대부분 수도권에 집중되어 있지 않은가? 즉 온라인 매출 성장의 혜택을 지역 경제가 누리는 데에는 한계가 있으니, 지역 차원에서 온라인, 비대면 기간 산업을 육성할 필요성이 크다는 뜻이다.

K팝, K무비, K방역, 최근에는 K프로 야구에 이르기까지 우리나라의 우수성이 전 세계를 놀라게 하고 있다. 일부 전문가는 제조업 강국이자 최고의 IT 인프라를 갖춘 우리나라가 포스트 코로나 시대 세계

최강국으로 도약할 수 있을 것이라는 성급한 주장도 한다.

우사인 볼트는 결승선에서 경쟁자를 압도적으로 따돌리는 사진을 트위터에 올리며 사회적 거리 두기의 모범(?)이라고 능청을 떤다. 귀엽고도 얄미운 이 천재 녀석을 따라잡는 방법은 오직 하나다. 기본으로 돌아가 하체 근육부터 단련해야 하지 않겠나?

제2부

경계는 심리다

베트남이 부럽다

아무리 생각해도 내 상식으로는 이해가 잘 안 된다. 몇 년 전 스즈키컵 축구 때문에 행복해서 죽을 지경인 베트남 국민 이야기다. 스즈키컵이 무언가? 축구에 관한 한 만년 후진국인 동남아시아 국가들이 2년에 한 번씩 벌이는 행사다. 당시 스즈키컵 결승은 베트남과 말레이시아가 올라왔다. 스즈키컵의 수준을 폄하하고 싶은 생각은 추호도 없다. 다만, 피파 랭킹 100위와 167위가 결승전을 벌이는, 객관적인 전력이 세계 수준과는 거리가 있는 팀들의 경기에서 좋은 성적을 거두었다고 광적으로 좋아하는 베트남 국민의 마음이 진심으로 부러울 뿐이다.

물론 필자를 포함한 우리나라 국민도 2002년 월드컵 때 요즈음의 베트남 국민과 같은 즐거움을 만끽한 적은 있다. 그렇지만 당시 한국 축구는 세계 최강들을 연파하면서 4강에 오르지 않았는가? 월드컵과 스즈키컵 참가국 간의 비교 불가한 전력 차에도 불구하고 당시 베트남 국민들의 열기와 즐거움은 2002년 월드컵 4강에 빛나는 한국 국민과 진배없었다.

몇 년 전 우리나라의 1인당 국민 소득은 3만 달러를 돌파하였다. 인구가 5천만 명 이상인 나라 중에서 소득이 3만 달러가 넘는 나라, 즉 30-50클럽*에 가입한 7번째 국가가 되는 것이다. 미국, 일본, 독일, 영국, 프랑스, 이탈리아 같은 극강의 나라들만이 누릴 수 있는 부자클럽의 일원이 된 것이다. 어디 그뿐인가? 국가 간 경제 규모를 객관적으로 비교해 볼 수 있는 지표인 명목 GDP 규모도 우리나라는 세계 11위에 포진해 있다. 수출 규모는 미국 중국 독일 일본 다음으로 우리나라가 세계 5위, 몇 년 전까지만 해도 무역 흑자 규모로만 따지면 독일 일본 중국에 이은 4위였다. 수출입을 포함한 무역 규모도 세계에서 9번째로 높다.

세계 최빈국이었던 나라, 3년에 걸친 한국 전쟁으로 폐허가 된 나라가 50여 년 만에 이 정도의 경제적 성과를 냈으면 자랑스러워해도 된다. 아니, 마음껏 즐거워해야 맞다. 그러나 현실은 정반대다. 대부분의 언론은 소득 3만 불 시대 우리의 자화상을 지나치리만치 씁쓸하게 묘사한다. 우리의 미래인 젊은이들도 헬조선이란 자조 섞인 푸념만이 늘어간다. 물론 구조적 저성장 시대에 접어든 한국 경제의 장래가 밝지만은 않은 것이 현실이다.

---

* 30-50클럽: 1인당 국민 소득 3만 달러 이상, 인구 5,000만 명 이상의 조건을 만족하는 국가를 가리키는 용어.

한 나라의 성장률을 결정하는 3요소인 자본 투자, 노동력, 생산성 모두가 우리나라의 저성장을 예고한다. 글로벌 생산 과잉과 내수 부진을 염려하여 기업들은 현금을 쌓아두고도 자본 투자를 꺼린다. 저출산으로 경제 활동 인구는 정점을 지나 줄어들 일만 남았고, 세계에서 가장 빠른 속도로 고령화가 진행 중이다. 2007년 글로벌 금융 위기 이후 우리나라를 포함한 전 세계적으로 생산성 둔화가 눈에 띄고 우리나라 주력 산업의 글로벌 경쟁력도 힘을 잃고 있는 것이 사실이다. 이렇듯 우리 경제가 아무리 어렵다고 하더라도 1인당 국민 소득이 4천 달러에 불과한 베트남보다 불행하지는 않을 것이다. 행복은 성적순, 아니 GDP 순이 아니라고요? 틀린 말은 아니나 동의할 순 없다. 실제로 국가별 총체적인 행복 순위는 GDP 순위에 수렴한다는 것이 전문가들의 의견이다.

　　물론 청년 실업에 시달리는 젊은이들에게 '3만 불 시대이니 이 어찌 즐겁지 아니한가?'라고 망언을 하고 싶지는 않다. 아니 오히려 과거 고성장을 향유했던 기성세대로서 송구함을 느끼고 양질의 일자리를 창출해 주어야 한다는 무한한 책임감도 느끼고 있다. 그러나 스즈키컵에서 맹활약한 베트남 하노이 소속의 응우옌 꽝하이의 플레이에 열광하는 베트남 국민을 보면서, 세계 최고의 리그인 유럽에서 자그마치 100호 골 이상을 기록한 손흥민을 보유한 우리나라 국민은 베트남보다 훨씬 더 즐거워할 자격이 있지 않은가?

경제는 심리다. 행복해할 자격이 차고 넘치는 우리나라 국민이 베트남처럼 작은 일에도 신명나고 열광할 때 자기실현적 예언(self fulfilling prophecy) 현상에 따라 우리 경제도 살아난다.

자기실현적 예언(self fulfilling prophecy)

자기실현적 예언이란 사회심리학적 현상으로, 미국의 사회학자 로버트 K(Rovert K. Merton)가 만든 용어이다. 이는 누군가 어떤 일이 발생할 것이라는 믿음이나 기대를 갖게 되면 그 기대대로 결과가 이뤄진다는 것이다.

즉, 모종의 상황을 현실로 규정하면 결과에서도 이러한 상황이 현실이 된다는 것이다. 이렇게 기대한 대로 결과가 실현되는 이유는 어떤 예측 혹은 기대에 대한 확신이 있으면 사람의 행동은 그 믿음에 따라 행동하기 때문이다.

이는 경제 현상에서도 잘 나타난다. 예를 들어 개인이나 정부 기업 등 경제 주체들이 향후 경제를 낙관적으로 전망할 경우 투자와 소비를 늘리게 되고 늘어난 소비와 투자가 경제를 더욱 활성화시켜 당초의 낙관적 경제 예측이 결과가 되어 나타난다는 것이다.

나의 큰바위얼굴

얼마 전 영암의 월출산에 갔다가 뜻밖에 큰바위얼굴을 보았다. 월출산은 기기묘묘한 암봉이 많아 수석 전시장을 방불케 해서 보는 각도에 따라 많은 형상을 상상할 수 있는 곳이긴 하다. 그럼에도 큰바위얼굴의 원조 격인 미국 뉴햄프셔의 화이트 마운틴과는 비교가 안 될 정도로 크고 얼굴 형상이 뚜렷하였다. 어떤 사람은 화이트 마운틴의 큰바위얼굴이 무너져 내린 지 5년 만에 그 다섯 배가 넘는 웅장한 모습으로 대한민국으로 돌아왔다고 한다. 믿거나 말거나? 비과학적인 것은 도통 믿지 못하는 의심쟁이 무신론자인 필자도 이 거짓말 같은 전설을 굳게 믿는다. 합리적이고도 과학적인(?) 이유를 지금부터 설명한다.

큰바위얼굴은 어린이들의 마음속 우상을 뜻한다. 『주홍 글씨』로 유명한 19세기 미국의 소설가 너대니얼 호손의 작품으로 옛날에는 우리나라 중학교 교과서에도 실려 있었다. 주인공 어니스트는 바위산에 나타난 큰바위얼굴을 보며 언젠가 큰바위얼굴처럼 생긴 훌륭한 인물이 나타날 거라고 믿으며 자란다. 엄청난 부자가 큰바위얼굴이라며 나타났지만 닮지 않았다. 유명한 장군, 정치가, 시인이 나타났지만 모두 큰바위얼굴이 아니었다. 세월이 흘러 어니스트가 전도사가 되어 설교하던 중 설교를 듣던 시인이 어니스트가 바로 큰바위얼굴과 똑같다고 소리친다. 평범하지만 올바르게 살아가는 어니스트가 바로 큰바위얼굴이었다.

필자에게도 나만의 큰바위얼굴이 있다. 놀라지 마시라. 나의 큰바위얼굴은 바로 '대한민국'이다. 편협한 국수주의 애국주의자라고 놀려도 좋다. 필자가 여러 강의에서 우리나라가 선진국인 이유를 수많은 근거를 들어 열변을 토했지만, 청중들은 잘 믿지 않는 눈치였다. 세계 7번째 30-50클럽 회원이며, 세계 다섯 번째 경상 수지 흑자국(다만, 코로나 사태 이후 원자재 가격 급등 및 중국 경제의 둔화 등으로 경상 수지 규모는 크게 줄었다), IT 인프라, 평균 수명, 치안, 위생, 도시 인프라 등이 세계 최고 수준인 나라 등 우리가 선진국인 근거는 차고도 넘친다.

원조 큰바위얼굴 미국과 비교해 보자. 덧붙이자면 필자는 유학과 근무 등을 위하여 두 번에 걸쳐 4년 정도 미국에서 살았던 경험이 있다. 미국은 넓은 나라다. 대부분의 집은 널찍한 잔디 마당 위에 예쁜 단독 주택으로 지어져 있다. 참 좋다. 그러나 놀라지 마시라. 딱 거기까지만 우리나라보다 좋다. 대부분의 집이 150년~200년이 지난 낡은 집이다. 히터에서는 우렁찬 엔진 소리가 고막을 찢고 창문은 열 때마다 찌지직거려 집이 무너질 것 같다. 생필품이라도 살려면 자가용으로 10분 이상 운전해 가야 한다. 인터넷 속도? 속 터진다. 그래도 월 사용료는 우리보다 2배 정도 더 내야 한다. 스마트폰이나 자동차가 고장이라고? 서비스 센터에 가면 수리 기간 일주일은 기본이다.

미국에서는 아프면 안 된다. 의료 보험이 없다면 병원비가 우리나라의 100배쯤 된다. 예를 들어 맹장 수술비가 3천만 원쯤 된다. 실제로 2006년경 필자가 미국 근무 중 본부 직원이 연수차 뉴욕에 왔다가 맹장염에 걸리는 바람에 치료비로 고스란히 3천만 원을 부담했다. 미국은 건강 보험료가 워낙 비싸서 기본적인 건강 보험을 가입하지 않은 국민들도 많다. 일반 시민들은 우리나라와 같은 정기적인 건강 검진 혜택을 받을 수가 없다. 보험 회사에서 보험료 지급이 안 되기 때문이다. 이런저런 미국살이의 불편함을 우리나라의 편리함과 굳이 비교 설명하지는 않겠다.

이 밖에도 우리나라가 미국보다 잘사는 수많은 근거가 있다. 그럼에도 우리나라 사람들이 만족하지 못하는 이유는 우리나라 경제가 성숙 단계에 접어든 나머지 저성장 기조를 처음 경험해 보기 때문일 것이다. 아니면 우리 인간이 갖고 있는 본성인 '부정 본능'의 영향일지도 모르겠다. 어쨌거나, 냉혹하게 국수주의 애국정신을 배제하고도 필자는 무너진 미국 화이트 마운틴 큰바위얼굴의 대안을 찾는다면 한 치의 망설임 없이 대한민국 월출산의 큰바위얼굴을 선택할 것이다.

인간의 부정 본능(Negativity Instinct)

필자의 궁금증 중 하나는 "우리나라가 주요 선진국에 비해서도 잘 사는데도 국민들은 왜 힘들다고 할까?"였다. 그런데 몇 년 전에 읽었던 한스 로슬링의 『팩트풀니스(Factfullness)』라는 책에서 질문의 해답 일부를 발견할 수 있어서 소개한다.

사람들은 대체로 세상은 점점 나빠지고 있다는 부정 본능(Negativity Instinct)을 갖고 있다고 한다. 그 이유는 세 가지가 있다.

① 사람들은 과거의 사실은 아무리 어렵고 힘들었어도 모두 '즐거운 추억'으로 치부해 버리는 과거 미화 성향이 있다. 따라서 현재는 항상 과거보다는 아름답지 않다고 느낀다는 것이다.

② 언론과 활동가들이 사건을 선별적으로, 부정적으로 보도하는 경향이 있다. 언론 기사가 부정적이고 과장될수록 잘 소비되는 경향이 있는 점을 노리는 것인데, 대중들은 부정적이고 과장된 뉴스에 항상 노출되어 있는 것이다.

③ 관계 당국 등은 경제 현상이나 사건 등을 설명할 때 '긍정적'으로 말하면 무책임하고 냉정하다는 비판을 받을 수 있어서 항상 보수적으로 나쁜 측면을 언급하고 준비해야 한다고 말하는 경향이 있다.

망각의 진통 효과

해가 갈수록 깜빡깜빡하는 정도가 늘어난다. 새해 인사를 나누던 때가 엊그제 같은데 벌써 달포가 훌쩍 지나가 버렸다. 기억 담당 중추인 해마가 쪼그라든 탓이리라. 게으른 해마를 단련시킬 겸, 먼 기억의 저편을 더듬어 보자. 바로 20여 년 전 인기리에 상영되었던 '기억'에 관한 영화, 거장 크리스토퍼 놀란 감독의 「메멘토」 얘기다.

전직 보험수사관이었던 주인공 레너드는 아내가 살해당하는 사건으로 충격을 받고, 현재로부터 10분 전까지만 기억하는 단기 기억 상실증에 걸린다. 레너드는 기억나지 않는 과거의 기록을 찾아보고 메모를 해가면서 아내 살해범에 대한 복수 의지를 불태운다. 주인공은 과거가 기억에서 사라져 버렸음에도, 기록을 볼 때마다 끔찍했던 장면이 상기되면서 괴로워한다.

감독이 전달하고자 했던 주제가 정확히 무엇이었는지는 기억나지 않는다. 다만, 레너드의 끔찍한 과거가 기록에 의해 박제되지 않았다면, 기억 상실증에 걸린 주인공이 과거의 트라우마에서 벗어나 정신적 고통에 시달리지 않았으리라는 안타까움이 아스라한 잔영으로 남아있다. 즉, 필자가 느꼈던 영화 메멘토는 인간에게 '망각'이 항상 불편한 것만은 아니며, 때로는 효능 좋은 진통제 역할을 한다는 것이었다. 지금이야말로 이런 망각의 진통 효과가 절실히 필요한 시기이다.

얼마 전 오찬 모임 중의 일이다. 코로나바이러스의 16번째 확진자가 당시까지도 청정 지역이었던 광주에서 발생했다는 문자가 대부분 참석자의 휴대폰에 동시다발적으로 울렸다. 곧이어 16번 환자의 동선이 일부 가짜 뉴스와 섞여 무분별하게 살포된다. 환자가 머물렀던 병원은 이름조차 생소한 코호트 격리가 시작되고, 2차 감염자까지 확인되면서 광주는 일시에 공포의 도시로 변한다.

시민들의 소비 활동은 크게 위축되고, 여행, 음식, 숙박, 도소매업 등이 큰 타격을 받는다. 중국산 부품 공급 애로로 광주의 대표 기업 기아자동차마저도 이틀간의 휴업 결정을 내린다. 마침내 16번째 확진자 발생 후 불과 엿새만인 2월 10일, 이용섭 광주시장의 주재로 긴급 경제 단체 간담회가 열리고, 지역 경제 영향을 최소화하기 위한 긴급 대책이 논의되기에 이른다.

역사는 거울이다. 코로나19의 영향으로 지역 경제가 신음하고 있는 지금, 과거 사스나 메르스 등 주요 감염병이 경제에 미치는 영향을 냉정히 살펴보자. 공통적인 특징을 어렵지 않게 발견할 수 있다. '경제는 심리다'라는 명제가 경제 지표에서 뚜렷하게 증명되는 것이다. 전염병 발생 직후에는 시민들의 불안과 언론의 부정적 보도 등이 상호작용을 일으키면서 공포 기제가 순식간에 작동한다. 소비심리가 급속히 얼어붙는 것이다. 그러나 전염병이 어느 정도 관리되는 3~6개월 후에는 언제 그랬냐는 듯이 경제 지표는 급반등한다(V자형 회복).

예를 들어 사스가 창궐했던 2003년 1분기와 2분기 우리나라 성장률은 각각 -0.7%, -0.2%로 극심한 침체를 겪다가, 안정화된 3분기에는 곧바로 +1.9%로 급반등하였다. 바로 인간이 갖고 있는 편리한 진통제, 망각이라는 방어 기제 덕분이다.

최근 다시 악화일로에 있는 코로나19의 확산을 막기 위해서는 개인위생을 철저히 준수하는 게 무엇보다 중요하다는 점을 상기했으면 한다. 아울러 극도의 어려움을 겪고 있는 소상공인분들께 두 가지만 교훈 삼아 미래에 대비하기를 간곡히 말씀드린다.

첫째, 전염병에 따른 극도의 경기 침체는 대체로 수명이 그다지 길지 않다는 점이다. 세계 최고 수준의 공중 보건 체제를 갖춘 우리나라와 광주시 방역 당국의 노력, 소비자들이 갖고 있는 '망각'이라는 편리한 방어 장치를 믿자. 어렵지만 희망을 잃지 말고 몇 개월만 버티는 리스크 관리 전략이 유효하다는 뜻이다.

둘째, 최근 들어 전염병이 과거보다 자주 발생하고 있다(사스 2003년, 신종 인플루엔자 2009년, 에볼라 2014년, 메르스 2015년, 코로나19 2019년

등). 더구나 세계 경제가 글로벌 공급 사슬에 의해 더욱 촘촘해진 지금은 전염병이 경제에 미치는 악영향이 더욱 커졌다.

전염병을 어쩌다 발생하는 블랙스완쯤으로 치부하지 말라는 것이다. 바야흐로 전염병은 이제 경제의 상수다. 항상 대비하라.

피그말리온처럼

내년은 갑진(甲辰)년, 10간(干) 중 갑(甲병)은 푸른색이요, 12지(支) 중 진(辰신)은 용을 의미하니 '푸른 용'의 해이다. 오호라, 필자는 용맹의 아이콘 호랑이띠이니 용호상박(龍虎相搏)이군. 푸른 용을 등에 업고 크게 뛰어오를 수 있으려나? 재빨리 인터넷으로 내년 운세를 살피니, 아니나 다를까, 복채도 안 줬는데 대박 운세다. "호랑이띠에게 큰 도전이 기다리는 해이다. 그 도전을 극복하면 성장과 성공을 경험할 수 있단다." 기분 좋~다. 극복할 대상인 도전이 있어서 좋고 도전 이후에 다가올 햇살 가득한 영광이 기대된다.

누구나 새해를 앞두고 피그말리온을 꿈꾼다. 그리스 신화에 나오는 조각가 피그말리온은 아름다운 여인상을 조각하고, 그 여인상을 진심으로 사랑하게 된다. 여신(女神) 아프로디테는 그의 사랑에 감동하여 여인상에 생명을 불어넣어 준다. 이처럼 사람의 믿음이나 기대가 실제로 이뤄지는 현상을 '피그말리온 효과'라고 부른다. 이 효과를 노리고 애국심을 가득 담아 내년도 대한민국 경제호의 럭키 세븐 7대 경제 뉴스를 공개한다.

첫 번째 반가운 소식은 "그동안 지속적으로 하락하던 출산율이 드디어 상승세로 돌아섰다는 것입니다. 출산율 제고를 위한 관계 기관 및 기업들의 노력이 드디어 성과를 보이고 대한민국에서의 아이 키우기 환경에 대한 청년들의 생각이 희망적으로 돌아선 것으로 풀이됩니다."

두 번째는 "중국 경제의 둔화와 차이나 인사이드 정책 등으로 대중국 무역수지가 악화하는 등 중국발 리스크에 고전하던 우리나라의 주력 산업이 뼈를 깎는 구조 조정 노력과 제품의 고부가 가치화, 시장 다변화 등을 통해 회생의 기미를 보이고 있습니다."

세 번째 피그말리온 뉴스입니다. "러시아와 우크라이나 간 전쟁이 끝났다는 소식입니다. 세계 경제의 불확실성이 줄어들고 우리 기업들이 전후 복구 사업에 적극 참여할 수 있을 것이란 전망입니다."

미리 보는 내년도 대한민국의 네 번째 경제 뉴스는 데킬라와 관련됩니다. "미국의 금리 인상에 따른 한국 금리와의 금리차 확대 등으로 우려했던 금융 시장 충격은 결국 기우에 불과한 것으로 나타났습니다. 우려했던 '데킬라효과*'는 나타나지 않은 것입니다. 전문가들은 우

＊ 데킬라효과: 한 국가의 금융 위기가 주변 국가로 파급되는 현상을 일컫는 경제 용어이다. 1994년 미국의 금리 인상이 멕시코 등 남미국가 위기를 거쳐 1997년 아시아 위기까지 번졌던 상황을 뜻한다.

리나라가 상당액의 외환 보유액으로 시장 교란 세력을 물리치고 있고, 신흥국들에 비해 견고한 경제 펀더멘털 등으로 금융 시장이 안정적인 모습을 유지한 것이라고 분석했습니다."

다섯 번째는 "그동안 지속적으로 상승하던 가계 부채 규모의 확산세가 둔화되고 있다는 소식입니다. 우리나라 경제의 큰 위험 요인이던 가계 부채와 부동산 프로젝트 파이낸싱 대출의 부실 우려에서도 벗어나길 기대합니다."

여섯 번째도 무척 반가운 소식입니다. "관계 당국과 국민들의 양보 등해에 힘입어 지지부진하던 국민연금 개혁이 성공적으로 완료되었다는 소식입니다. 미래 세대를 위하여 무척이나 다행스러운 소식이군요."

마지막으로 전해드리는 피그말리온 소식은 "대학생들의 창업이 활발해지고 있다는 소식입니다. 우리나라 대학생들은 지나친 위험 회피 성향 때문에 창업보다는 취업을 선호하여 그동안 젊은이들의 창의적인 아이디어를 기반으로 하는 창업 생태계가 활성화되지 못했던 점을 감안할 때, 대학생 창업 활성화 소식은 미래 세대 먹거리 창출에 청신호가 아닐 수 없습니다."

필자의 희망 사항이 너무 지나쳤는지 모르겠다. 하지만 신화 속의 피그말리온 효과를 증명해 보인 사람도 있지 않은가? 1968년 하버드 대 로젠탈 교수는 샌프란시스코의 한 초등학교에서 전교생을 대상으로 지능 검사를 한 후 검사 결과와 상관없이 무작위로 한 반에서 20% 정도의 학생을 뽑았다. 그 학생들의 명단을 교사에게 주면서 '지적 능력이나 학업 성취의 향상 가능성이 높은 학생들'이라고 믿게 했다. 8개월 후 이전과 같은 지능 검사를 다시 실시했는데, 그 결과 명단에 속한 학생들은 다른 학생들보다 평균 점수가 높게 나왔고 학교 성적도 크게 향상되었다. 명단에 오른 학생들에 대한 교사의 기대와 격려가 중요한 요인이었다.

갑진년 새해엔 우리나라 경제도 국민들의 기대와 격려에 힘입어 일곱 가지 희망 뉴스대로 이루어지도록 간절히 기원해 본다! 피그말리온처럼!

제3부

리스크 관리는 희생하는 것

음악을 끄는 지혜

"음악이 흐르는 동안 춤을 춰야 한다!"는 말은 천문학적인 돈을 굴리며 수십억대의 연봉을 챙기는 샐러리맨의 꽃, 펀드 매니저들의 세계에서 자주 쓰이는 표현으로 서양의 놀이 문화인 의자 뺏기 게임(musical chairs)에서 유래한다. 게임 참가자 수보다 적은 수의 의자를 놓고 음악이 흐르는 동안 참가자들은 의자 주변에서 춤을 추다가 음악이 멈춤과 동시에 빈 의자를 찾아 앉으면 되는데, 의자를 차지하지 못한 참가자가 탈락하는 일종의 폭탄 돌리기 게임인 셈이다. 음악이 꺼지면 폭탄이 터질 줄 빤히 알면서도 펀드 매니저들은 왜 음악이 흐르는 동안 춤을 추어야 하는 걸까? 이는 펀드 매니저들에 대한 독특한 평가 방식 때문이다.

어느 펀드 매니저의 투자 수익률이 아무리 좋아도 비슷한 상품에 투자하는 다른 펀드 매니저들보다 상대적으로 수익률이 높지 않으면 좋은 펀드 매니저로 평가받지 못한다. 즉, 언젠가는 폭탄이 터질 줄 알지만 터지는 시기는 정확하게 예측하기 어려운 상황에서, 폭탄을 염려하여 혼자서만 투자를 중단할 경우 투자를 계속하고 있는 다른 펀드 매니저들보다 단기적인 투자 성과가 낮을 수밖에 없는 점 때문에 펀드 매니저들은 음악에 맞춰 계속 춤을 추는 것이다. 따라서 주식, 채권, 부동산 등 투자상품의 가격이 과열 양상을 보여도 펀드 매니저들은 투자를 멈추지 않게 되는 것이다.

1990년대 후반 인터넷 및 IT 산업에 대한 묻지마 투자가 횡행했던 닷컴버블, 2000년대 중반 미국의 부동산 시장 과열로 촉발된 서브프라임 위기 등 대부분의 금융 위기는 이렇게 시장 참가자들이 폭탄 돌리기를 멈추지 않은 데서 기인한다. 이렇듯 현장에서 자산을 운용하는 펀드 매니저들은 원천적으로 리스크 관리를 하기 어려운 구조이기 때문에, 펀드 매니저들로 하여금 춤을 멈추도록 음악을 끄는 악역은 감독 당국이 맡아야 한다는 점에서 정부나 한국은행, 금융감독원 등 당국자들에게 '금융 안정'이라는 막중한 책무가 부여된 것이다.

2022년 말, 우리나라의 상장 기업 중 영업 수익으로 조달 자금의 이자 보상을 못 하는 소위 '한계 기업'은 전체의 17%에 이르며, 저성장이 고착화되기 시작한 2010년 이후 동 비율은 꾸준히 증가하고 있는 실정이다. 이들 기업은 회생 가능성이 크지 않은 데도 채권단의 지원으로 연명한다는 측면에서 살아있는 시체인 '좀비 기업'으로까지 불린다.

관계 당국은 경제 회생 정책의 일환으로 한계 기업에 대한 구조 조정을 강력히 추진해야 한다고 생각한다. 한계 기업 구조 조정은 회생 가능성이 적은 기업에 대한 무의미한 지원 자금이 유망한 기업으로 대신 흘러가게 함으로써, 효율적 자원 배분을 유도한다. 포퓰리즘 때문에 한계 기업 구조 조정을 주저하는 것은 '음악을 *끄지 않고*' 시장의 폭탄 돌리기를 방관하는 것으로 감독 당국 본연의 역할을 게을리하는 것이나 다름없기 때문이다.

물론 한계 기업 구조 조정은 쉽지 않은 일이다. 구조 조정 과정에서 회생 가능성에 대한 시각차, 일자리 상실, 경영권 침해 논란 등 이해 관계자 간 이해 상충이 크고, 정치적 부담 및 사후 책임 소지 등도 감수해야 한다. 더구나, 한계 기업들에 대한 대출 회수는 '비 오는데 우산을 뺏는' 격이어서 구조 조정 대상 기업 선정 과정에서 옥석 가리기에 실패할 경우 기술력과 성장 잠재력이 우수한 중소기업이 일시적인 경영난 때문에 희생될 수도 있다.

바야흐로 우리나라 경제가 확장적인 재정·통화 정책만으로는 회복의 돌파구를 마련하기 어려운 구조적 저성장기 진입징후가 농후하다. 기업구조 조정 등을 통해 성장성이 높은 기업으로 자원을 재배분 함으로써, '생산성 증대-소득 증가-소비 증가'의 선순환 구조로 경제의 체질을 개선해 나가야 한다.

좀비는 살아있는 사람을 공격해 또 다른 좀비로 만드는 특성이 있어 특단의 조치가 없으면 좀비 천하가 된다. 관계 당국은 과감하게 '음악을 끔으로써' 위기의 폭탄을 선제적으로 해체할 필요가 있다. 물론 그 과정에서 기술력과 성장성을 겸비한 기업으로부터 '우산을 빼앗는' 우를 범하면 안 될 것이다.

대인동에서

나 때는 말이야! 영어로는 Latte is a horse! 좀 더 진솔하게 표현하자면 "나는 꼰대다!"와 동의어다. 오늘은 젊은 친구들에겐 미안하지만, 필자가 꼰대임을 이실직고하고 나의 청년 시절 추억이 살아있는 대인동 이야기로 시작한다. 과거 광주의 중심이었던 금남로와 맞닿아 있는 대인동은 개인적으로 좋아해서 자주 들르는 곳이다. 1990년대 초반까지 고속버스 터미널이 위치한 광주의 관문이었다. 필자의 기억엔 없지만 1922년부터 1969년까지 광주역도 대인동에 있었다고 한다.

가난했던 대학 시절, 고향을 다녀오는 길에 대인동 버스 터미널에 내리자마자 눈곱만큼밖에 안 되는 용돈을 탕진했던 곳이기도 하다. 물론 지금의 대인동은 화려했던 영광을 뒤로 한 채, 좁은 골목길과 퇴색한 건물이 산재한 전형적인 구도심의 모습이다. 그래서 더욱 아련하다.

옛 추억도 되새길 겸, 얼마 전에도 지인들과 대인동 맛집에서 식사 후, 뼛속까지 남도를 사랑하는 박성수 미래남도연구원장님의 제안에 따라 인근의 금호시민문화관(금호그룹 창업주 고 박인천 회장 생가)을 방문하였다. 고색창연한 고옥과 고즈넉한 정원, 예술조각품들이 어우러져 삭막한 도심에서 여행객들이 피로를 풀기에 부족함이 없었다. 그런데 또 직업병이 도진다. 박인천 회장의 생가를 둘러보고 있자니 아름다운 고옥의 정취에 심취하는 것도 잠깐, 최근 어려움을 겪고 있는 호남의 대표 기업 금호그룹의 흥망성쇠가 파노라마처럼 스쳐 지나간다.

금호그룹은 현재보다 과거가 더욱 찬란했다는 점에서 금호 본사가 소재했던 대인동과 닮아있다. 금호는 박인천 회장이 1946년 '광주 택시'로 창업한 이래 광주고속(현 금호고속)의 성공을 모태로 전기, 전자, 금융, 건설, 항공 등을 아우르는 재계 순위 10위권의 호남권 대표 기업으로 성장한다. 그러나 2006년 대우건설을 6.4조 원에, 2008년 대한통운을 4.1조 원에 공격적으로 인수하면서 재무 구조가 급격히 악화된다. 무리한 인수 합병이 낳은 '승자의 저주'에 빠진 것이다. 무엇이 문제였을까? 승승장구에 취하여 성공의 뒤편에 도사리고 있던 리스크의 덫을 소홀히 생각했을 가능성이 크다.

리스크 관리란 기본적으로 더 큰 수익을 포기하는 것을 전제로 한다. 옛날얘기 한 김에 아주 먼 옛날로 돌아가 보자. 위험을 뜻하는 '리스크(risk)'의 어원은 암초나 절벽을 뜻하는 그리스어 '리자'에서 유래한다. 호메로스의 오디세이아에 나오는 이야기다. 트로이전쟁의 영웅 오디세우스가 귀향하는 도중에 스킬라와 카립디스라는 두 괴물이 살고 있는 절벽을 통과해야 했다. 스킬라는 머리가 여섯 개 달린 괴물로 지나가는 배의 선원을 잡아먹으며, 카립디스는 소용돌이로 지나가는 모든 것을 빨아드린다. 오디세우스는 두 위험 앞에 선택해야 하는 상황에서 위험이 상대적으로 적은 '스킬라'를 선택하여, 여섯 명의 선원을 희생하고 무사 귀환하게 된다.

이렇듯 리스크 관리는 보다 낮은 위험 또는 적은 수익을 추구함으로써 추후 우려되는 큰 희생을 막자는 것이다. 금호그룹은 공격적인 인수 합병으로 높은 수익을 추구하는 과정에서 희생을 치르게 된 것이다.

늦게나마 알짜배기 캐시카우(cash cow, 알짜배기 현금 창출 기업)였던 아시아나 항공을 매각한 것은 이런 리스크 관리의 일환으로 이해된다. 호남의 자존심 금호가 부디 옛 영광을 회복하길 기도한다.

최근 우리 광주 시민들도 리스크 관리에 실패하였다. 지난 몇 개월간 광주는 코로나19 청정 지역으로 인식되었었다. 시민들은 방심한 나머지 사회적 거리 두기가 느슨해졌다. 결과는 치명적이었다. 코로나바이러스는 오만한 광주 시민들을 가만두지 않았다. 바로 오늘의 주인공인 대인동 바로 옆에 위치한 금양오피스텔에서 다수의 확진자가 발생하는 등 광범위한 지역 감염이 현실화되고 말았다.

명심하고 또 명심하라! 기업 경영에서도, 주식 시장에서도, 감염병 환경에서도 잘나갈 때 조심하라. '리스크 관리'는 선택이 아닌 필수다.

조금 느리게 가자
- 청산도에서

순환 버스 도착 시간이 촉박하다. 아무래도 뛰어야 할 것 같다. 열심히 뛰어 가까스로 버스에 올라탔다. 심장에 부족한 산소를 연신 주입하며 안도의 한숨을 몰아쉬는 우리 부부에게 순환 버스 기사님이 칭찬은커녕 면박을 늘어놓는다.

"앗따! 머시 그라고 급하다요? 여그서는 뛰면 안 된당께요! 순환 버스 놓치면 다음 버스 타면 되고, 그것도 놓쳐불면 걍 여그서 자고 내일 가면 되제라잉~"

얼마 전 완도 청산도 여행 중 겪은 일이다. 아시아 최초의 슬로 시티에 선정된 청산도에서는 뛰는 사람이 없다. 뛰는 것이 금지(?)된 청산도에서 우리처럼 뛰다가는 구박받기 십상이니 그럴 수밖에…. 그러나 내가 누군가? 한 치의 오차도 허용되지 않은 한국은행 직원답게 여행 계획도 치밀하기 그지없다.

예약해 둔 완도와 청산도 간 배 시간을 맞추면서 청산도를 제대로 관광하려면 40분 간격의 주말 순환 버스를 놓치는 우를 범할 수 없다. 완도까지 왔는데 청산도만 보면 섭섭하다. 신지도 명사십리 해수욕장 모래사장도 걸어봐야 하고, 해상왕 장보고의 청해진 유적지를 놓치면 어찌 완도를 보았다 할 수 있겠는가? 완도 수목원은 청해진 유적지에서 16km 떨어진 곳으로 23분이 소요되니 배 시간을 감안해서 수목원 관광은 서둘러야 할 것이다. 청해포구 촬영지도 멋진 곳이고 정도리 구계등은 완도에서만 볼 수 있는 비경이다. 전복도 먹어야 하고…. 나의 1박 2일 여행 계획서는 시간대별로 빼곡하다.

여행 목적지별 거리와 소요 시간 등을 감안하여 주도면밀하게 계획한 대로 여행을 마치고 광주에 도착했다. 무엇이 남았나? 나를 포함한 대부분 여행객의 여행 목표는 힐링이다. 더구나 청산도를 가는 사람들은 느림을 통해 정신없는 일상을 치유하는 뚜렷한 목표가 있다. 하지만 나의 완도 여행은 시간대별로 철저하게 계산되고 조직화된 스케줄에 따라 바삐 움직인 나머지 힐링과는 거리가 멀었다. 오히려 정해진 시간을 맞추려 힘들게 쏘다닌 스트레스 유발형 고난 여행이 아니었나?

우리나라가 구조적 저성장 시대에 접어들면서 많은 사람의 걱정이 태산이다. 일부 언론에서는 금융 위기론까지 서슴없이 제기한다. 과연 우리 경제가 그렇게 취약한가? 필자의 소견은 좀 다르다. 생산성 둔화로 일부 주력 제조업의 글로벌 경쟁력이 약해진 것은 사실이다. 그러나 최근의 성장률 둔화는 우리나라가 고도성장 과정에서 자본 축적도가 이미 높은 수준에 도달한 나머지 투자가 부진하였고, 미·중 무역전쟁 등으로 글로벌 경제의 불확실성이 높아진 영향이 컸다. 1인당

슬로우시티 청산도 (ⓒ완도문화관광)

GDP가 3만 달러를 넘어선 국가가 고성장을 유지하기가 쉽지 않은 이유도 있다. 국제적으로 비교해 보아도 2% 중반 정도의 성장률은 결코 낮은 수준이 아니다. 지나치게 높은 우리나라의 자영업자 비중(취업자의 25%)을 국제 수준(OECD 평균 10%)과 비교해 보면 최근의 자영업자의 어려움도 어쩌면 예견된 것이었다.

경제는 심리다. 낮은 성장률과 자영업자의 어려움 등으로 경제 주체들이 잔뜩 위축되어 있는데, 일부 언론과 경제 전문가들이 근거가 미약한 금융 위기론까지 서슴없이 언급할 경우 오히려 자기실현적 예언(self-fulfilling prophecy) 현상으로 경기 둔화를 부채질하는 악순환에 빠지기 쉽다. 지난 50년간 숨 가쁘게 달려온 우리 경제가 조금 느리게 가면 어떤가? 성장률이 조금 더디더라도 취약 계층을 보살피면서 같이 가면 더 행복하지 않을까?

내가 청산도의 순환 버스를 놓치고 하룻밤을 더 머물렀더라면 이번에 가보지 못한 느림 우체국에도 들렀을 것이고, 1년 후 느리지만 아름다운 추억 편지를 받아볼 수 있었을 텐데…. 지나치게 빠른 내가 아쉽다.

리스크 관리는 희생이다

쉬운 문제를 한 번 풀어보자.

질문 A 회사의 주식 100만 원어치를 투자하고 있던 투자자가 A 회사의 주가 하락을 염려하여 50만 원어치를 팔았다. 그러나 예상과 달리 A 회사의 주가가 올라버렸다. 이 투자자의 의사 결정은 잘못된 것인가?

답 A 회사의 주가 예측을 잘못하여 수익 기회를 놓쳤으니, 이 투자자의 의사 결정은 잘못된 것이다.

당연한 것처럼 보이지만 정답이 아니다. 이 문제는 리스크 관리를 공부하는 학생들에게 사례 연구 과제로 자주 활용된다. 이 문제가 묻고 있는 핵심은 바로 '리스크 관리의 중요성'에 대한 학생들의 인식이다. 그렇다면 리스크 관리를 공부하는 학생 입장에서 정답을 써보자.

답   A 회사의 주가가 하락할 위험에 대비하여 미리 A 회사에 대한 익스포저(투자 규모)를 줄였으니 리스크 관리를 잘한 것이다.

앞서 위험을 뜻하는 리스크(risk)의 어원인 리자에 대해 설명한 바 있듯이 리스크 관리는 보다 낮은 위험을 선택하는 것이다. 리스크 관리 과정에서 어느 정도의 희생은 불가피하다.

문제로 돌아가 보자. A 회사 주식 100만 원을 투자한 투자자가 50만 원을 팔지 않은 상태에서 당초 예상대로 주가가 하락해 버렸다면 이 투자자는 보유하고 있던 포트폴리오 전체가 가격 하락 위험에 처하게 되었을 것이다. 즉 이 투자자는 리스크 관리를 위해 보유 주식의 일부를 처분함으로써 '주가 예측을 잘못하여 수익 기회를 놓치게 된 작은 희생을' 치르고 더 큰 위험에 대비할 수 있게 된 것이다.

장기 저성장 위험에 처한 우리나라는 지금 한계 기업에 대한 구조 조정이 절대적으로 필요한 시기이다. 물론 구조 조정 과정에서 회생 가능성에 대한 시각차, 일자리 상실, 경영권 침해 논란 등 이해 관계자 간 이해 상충이 크고, 정치적 부담 및 사후 책임 소지 등도 감수해야 한다. 특히 전술한 리스크 관리 차원에서 생각해보면 구조 조정은 작은 희생을 통하여 큰 위험에 대비하는 것으로 이해해야 한다.

몇 년 전 구조 조정 필요성이 대두되었던 조선업처럼 구조 조정 이후에 경기가 예전처럼 호황을 보인다면 당시의 구조 조정 결정은 악수였다고 비난받을 수 있다. 그러나 이것은 리스크 관리 과정에서 불가피하게 감수해야 할 작은 희생이다. 반대로 조선업 경기가 쉽게 살아나지 않았다면 당시의 조선업 구조 조정은 우리나라 경제 전체를 위기에 빠뜨릴 수 있는 큰 위험을 예방하게 되는 좋은 의사 결정이 되는 것이다.

중앙은행과 금 이야기

1907년 우리나라 국민들은 구한말 일제가 통치 수단으로 활용하기 위하여 제공한 차관 1,300만 원을 갚기 위하여 남자들은 금주·금연, 여자들은 금가락지 등을 팔아 모금 운동을 전개하였다. 당시의 이른바 '국채 보상 운동'은 친일 단체를 앞세운 일제의 탄압으로 안타깝게도 실패하지만, 국가 위기 시마다 분연히 일어섰던 우리 국민의 희생정신을 보여준 또 하나의 사례로 기록된다. 그로부터 100여 년이 지난 1997년 12월, 수많은 시민이 줄을 서서 '금 모으기 운동'에 동참하던 감동적인 TV 화면이 전 세계로 타전된다. 이는 우리나라가 IMF로부터 치욕적으로 돈을 빌려야 했던 외환위기로부터 조속히 탈출할 수 있었던 동력이 되었을 뿐만 아니라, 우리나라 국민들의 저력을 전 세계에 과시한 세계사에서 유래를 찾기 힘든 사건이었다.

100여 년의 시차를 두고 벌어진 국채 보상 운동과 금 모으기 운동의 공통점은 우리 국민들의 자발적인 애국심을 상징적으로 보여준 사건인 동시에, 우리나라가 경제적으로 위기에 처했을 때 금이 위기 극복의 중요한 수단이 될 수 있었다는 점을 들 수 있겠다.

금은 기원전 4000년 메소포타미아에서 금 장식품이 등장할 정도로 인류문명과 역사를 같이하면서 사람들로부터 사랑을 받아왔다. 이토록 금이 사랑받는 이유는 무엇일까? 가장 큰 이유는 바로 금의 희소가치와 물리적인 특성에서 찾아볼 수 있다. 인류 태동 이래 지금까지 인간이 캐낸 금은 모두 합쳐 고작 17만여 톤에 불과한데 이는 20m 크기의 작은 정육면체에 전부 집어넣을 수 있는 분량이라고 한다.

또한 금은 4,500년 전 이집트인의 금이빨이 지금도 사용할 수 있을 정도로 변색되거나 녹슬지 않는 물리적 특성이 있다. 금의 녹는 점은 섭씨 1,000도가 넘고 1g의 금으로 3km의 실을 뽑아낼 수 있을 정도로 부드럽고 유연하다. 이러한 금의 희소성과 물리적 강점, 휴대나 운반 저장이 용이한 점 때문에 금은 고대로부터 부와 권력의 상징인 동시에 화폐의 기능도 수행하여 왔다. 특히 세계에서 금 수요가 가장 많은 인도와 중국인들은 문화적으로 금에 대한 애착이 유별나다. 인도의 결혼 시즌인 10월에는 국제 금값이 오르는 경향이 있고 과거 인도 정부는 경상적자의 주범이 금 수입인 것으로 나타나자, 금 수입 관세를 종전 2%에서 10%로 대폭 올리기까지 하였다. 과거 국제 금값이 하락세를 보이자 세계 최대 금 생산국이자 수요국인 중국에서는 골드바 매입 열풍으로 중국 시장에서 금이 품귀 현상을 보이기도 했다고 한다.

국가 경제의 안전을 책임지는 최후의 보루인 외환 보유액을 운용하는 각국의 중앙은행들도 상당량의 금을 보유하고 있다. 전 세계 중앙은행과 국제기구가 보유한 금은 약 32,000톤에 이른다. 미국이 8,133톤으로 가장 많고 독일이 3,387톤, IMF 2,814톤, 이탈리아 2,452톤, 프랑스 2,435톤 순이다. 한국은행은 104톤을 보유하여 전 세계 중앙은행과 국제기구 중 34위를 기록하고 있다.

미국과 유럽 국가들의 금 보유 비중이 높은 것은 이들 나라들은 19세기 중반부터 20세기 중반까지 중앙은행의 화폐 발행량과 금 보유량을 비례시키는 금본위제를 채택하고 있었는데, 당시 대량으로 보유하던 금을 금본위제가 폐지된 지금도 계속 보유 중이기 때문이다. 한편 2007년 미국의 서브프라임 위기로부터 촉발된 세계적인 경제 위기 이후에는 중국, 러시아, 튀르키예, 인도, 사우디아라비아, 멕시코, 우리나라 등 신흥국 중앙은행 중심으로 금을 적극적으로 매입하였다.

이토록 전 세계 중앙은행들이 외환 보유액으로 금을 사는 이유는 무엇일까? 사실 금은 채권이나 주식, 예금 등 일반적인 금융상품과 다르게 금 보유에 따른 이자나 배당금이 없다. 다시 말하면 금값이 오르지 않으면 선진국 국채 등 일반적으로 활용되는 외환 보유액의 투자 대상 금융 상품에 비하여 이득이 없다는 뜻이다. 그럼에도 중앙은행이 금을 매입하는 것은 금 보유에 따른 유무형의 이점이 많기 때문인데 크게는 다음과 같이 세 가지로 설명할 수 있다.

중앙은행이 금을 보유하는 첫 번째 이유는 바로 금이 안전 자산

(safety asset)으로서 위기 시에 보험의 역할을 한다는 점이다. 일반적으로 세계적인 경제 위기가 닥치면 우리나라와 같은 신흥국들로부터 자금이 빠져나가면서 주식이나 통화 가치가 폭락하는 반면 대표적인 안전 상품인 금값은 가파르게 오르게 된다. 사람들이 자동차보험을 드는 이유가 만일의 사고에 대비하려는 것이지 자동차 보험을 통하여 수익을 챙기려는 것이 아니듯이, 중앙은행이 금을 보유하는 것도 금 투자를 통해서 높은 수익을 노리기보다는 금융 위기 시에 안전판 역할을 해주는 보험의 혜택을 누리려는 것이다. 또한 외환 보유액으로 금을 일정 부분 보유하고 있으면 해외 투자자들로부터 외환 보유액에 대한 신뢰성이 높아지는 부수적인 효과도 노릴 수 있다.

두 번째 이유는 '계란을 한 바구니에 담지 말라'는 분산 투자 재테크의 기본 원칙에서 찾을 수 있다. 일반적으로 외환 보유액은 채권, 주식, 예금 등으로 구성되어 있는데 외환 보유액의 일부를 떼어내 금에 투자할 경우 다른 금융 상품과의 시너지 효과가 발생하여 투자 효율성이 높아지게 된다.

세 번째 이유로는 금값이 미국 달러화 가치와 반대 방향으로 움직이는 성향 때문이다. 국제 금 시장에서 금값은 미 달러화로 표준화되어 거래된다. 예를 들어 국제적으로 금 거래가 가장 활발한 런던 금융 시장에서 국제 금값은 1 트로이온스(31g, 약 8.3돈)당 2,090달러(예)에 거래되는 식이다. 그런데 만약 미 달러화 가치가 하락할 경우 다른 통화의 가치는 상대적으로 올라가게 되고 다른 통화를 보유한 금 매입자들은 동일한 금액으로 더 많은 금을 살 수 있으므로 금 수요가 늘어나서 금값은 올라가게 되는 것이다.

한편 우리나라를 비롯한 대부분의 중앙은행들은 외환 보유액의 절반 이상을 위기 시 현금화가 용이한 미 달러화 자산으로 보유하고 있다. 따라서 미 달러화 가치가 하락할 경우 외환 보유액 가치도 떨어지게 되는데 외환 보유액의 일부를 금으로 보유할 경우 미 달러화 가치 하락분을 어느 정도 상쇄할 수 있게 된다.

1848년 미국 샌프란시스코에서 대규모 금맥이 발견된 이후 캘리포니아로 사람들이 몰려드는 이른바 '골드러시'가 일어난다. 그런데 아이러니하게도 당시 금을 캐서 부자가 된 사람보다는 이들을 이용하여 부자가 된 경우가 많았다. 예를 들어 금 광부들에게 질긴 천으로 만든 리바이스 청바지를 팔아 갑부가 된 리바이 스트라우스와, 금광 업자에 대한 역마차 운송 서비스와 은행업으로 오늘날 세계 최대 규모의 웰스파고은행을 일군 웰스와 파고의 이야기는 오늘날까지도 부자의 역발상으로 회자되는 일화이다.

마찬가지로 국가 경제의 최후 안전판이라는 막중한 소임을 부여받은 중앙은행들은 '금 자체에 대한 투자 이익'보다는 금 보유에 따른 약간의 기회비용을 희생하여 위기 시 보험 기능 및 국제적인 신뢰도 상승효과를 누릴 수가 있다. 포트폴리오 분산 투자의 이점도 향유할 수 있으며, 미 달러화 자산의 가치 하락에 따른 외환 보유액 감소 위험에도 대비하는 일석삼조의 효과를 거둘 수가 있는 것이다.

골드 러시(gold rush) (ⓒOnline Archive of California (OAC)/G.F. Nesbitt & Co., printer(printer))

제4부

나의 행복 찾기

고구마와 행복 지수

필자의 최애 식품은 단연 고구마이다. 지금도 매년 고구마 수확 철이면 친구 농장에서 고구마 4~5박스를 구입하여 긴 겨울을 대비한다. 행복한 순간이다. 몇 년 전 고구마를 먹으며 행복에 젖어 어린 시절을 회상하며 써 놓았던 글을 소개한다.

여물과 등겨를 가마솥 가득 채우고 물을 예닐곱 바가지 붓고 난 다음 지루하리만치 긴 시간 아궁이에 불을 지피니 비로소 구수한 쇠죽(소먹이) 냄새와 함께 고단했던 하루 노동이 끝난다. 쇠죽을 끓이는 사랑채 부엌 한편 외양간에서는 소가 연신 긴 혀로 코를 훔치며 기대 섞인 눈망울로 쇠죽이 식기를 기다린다.

"정아! 얼른 밥 먹어라!"

오랜 시간 지핀 아궁이 불씨가 아까워 빨간 잿더미 속에 한 바가지의 고구마를 집어넣을 때쯤 어머니의 기차 화통 소리는 매일 한 치의 오차가 없다. 신기하리만치 밥을 고봉으로 높게 쌓아 올린 일꾼들의 밥그릇에 비해 내 밥그릇은 앙증맞을 정도로 작다.

"정이 저놈은 한창때인데도 밥이 저 모양이여! 그러니 삐쩍 말랐지. 쯧쯧."

저녁 식사 때마다 어김없이 이어지는 어머니의 넋두리에는 아랑곳하지 않고 수시로 칙칙거리는 흑백 TV 화면에 눈을 고정하면, 며칠 뒤 벌어질 홍수환 선수의 세계 타이틀전 예고에 기대감이 부풀어 간다. 저녁 식사 후 고양이 세수와 소금 양치질로 어머니의 성화를 잠재우고 인기 연속극 「허준의 집념」을 보고 나면 부실한 밥그릇 탓인지 어느새 입이 궁금해진다. 바야흐로 사랑채 아궁이를 뒤져 껍질이 까맣게 탄 고구마를 꺼낼 시간이다.

온 식구가 고구마 바가지 주변에 모여 노릇노릇하게 익은 속살을 호호 불어가며, 내일은 바쁘니 아침 일찍 낫을 갈아놓으라는 아버지의 잔소리부터, 어머니를 눈물 콧물 짜게 했던 불쌍한 허준의 퉁퉁 부르튼 발 이야기, 이웃집에 갓 시집온 며느리에 대한 누나의 질투심 가득한 심사평, 홍수환 선수가 무조건 이길 수밖에 없는 나의 근거 없는 해설에 이르기까지 시시콜콜한 이야기꽃은 그칠 줄 모른다. 고구마 바가지가 바닥을 드러내고 까만 고구마 껍질이 내 앞 이불 위에 지저분하게 널려있는 것을 본 어머니의 눈이 쌍심지 도끼눈으로 변함과 동시에 내 등짝에서 번갯불이 한번 번쩍거려야 비로소 고구마 파티는 끝이 나고 온 식구가 고단한 일과를 마무리하는 잠자리를 청한다. 1970년대 중반 중·고등학교 시절부터 1980년대 초 대학생이 되기 전까지 나의 기억 속에 한 폭의 수채화로 남아있는 늦가을 저녁 우리 집 풍경이다.

40여 년이 훌쩍 지나, 서울이다.

"지민아, 고구마 쪄놓았다. 고구마 먹으면서 TV 보자!"

"싫어!"

"엄청 달다!"

"그거야 아빠 생각이지!"

"야! 거실에서 아빠랑 좀 놀자. 응?"

"바빠!"

수채화의 소재는 40여 년 전과 똑같은 고구마인데 배경은 아주 다르다. 좁고 어둠침침한 방, 칙칙거리는 흑백 브라운관 TV앞에 옹기종기 모여 있던 식구들 대신에, 넓고 밝으며 세련된 인테리어로 한껏 멋을 부린 아파트 거실에 LCD 컬러 TV가 벽면에 깔끔하게 부착되어 있지만, 관객은 딸랑 나 혼자다. 온 식구들을 눈물짓게 했던 '허준의 집 넘' 대신에, 이곳저곳 채널을 돌려봐도 주말 프로그램 대세인 각종 오디션 프로그램만이 판을 친다.

아들은 대학 입시를 준비한다고 아무리 고구마로 꼬드겨도 자기 방에서 나올 생각을 안 한다. 아내는 인터넷으로 입시 정보 찾는다고 고구마 한 접시와 함께 서재로 들어간 후 두문불출이다. 혼자서 TV를 보면서 먹는 고구마는 오랜 세월 품질 개량을 거듭한 탓인지 여전히 달다. 그러나 쓸쓸하다. 나의 행복 지수는 높아진 고구마 당도와 반비례하고 있다.

고구마는 나에게 아무리 먹어도 살이 찌지 않는 다이어트 건강 기호 식품인 동시에 옛 추억을 되새김질 해주는 행복 유도 식품이기도 하다. 어릴 적 온 가족이 매일 밤 군고구마를 먹으며 도란거리던 기억들이 새삼 돌이켜보면 다시 돌아가고픈 너무나 행복했고 아쉬운 장면으로 남아 있다.

어른이 되고 한동안은 의도적으로 고구마를 멀리했었다. 어린 시절 간식이라고는 고구마가 거의 유일했었고 학교에서 돌아오면 어머니께서 쪄놓으신 고구마를 맨 먼저 찾았던 가난에 대한 기억 때문에, 치킨, 피자, 자장면을 언제라도 사 먹을 수 있는 경제적인 여유가 생긴 상황에서 굳이 구황식품인 고구마를 찾을 이유가 없다고 생각했기 때문이었다. 그러다 몇 년 전부터 건강 때문에 금주하게 되면서 다이어트 간식거리로 제격인 고구마를 다시 찾게 되었다. 때마침 아이들은 본격적인 입시 전쟁에 시달리고 스마트폰이 일반화되면서 아이들과 자주 대화하기가 어렵게 되자 옛날처럼 고구마를 매개로 아이들과 이야기를 나누고 싶은 요량에 고구마를 쪄놓고 아이들을 불러 보지만 매번 효과는 별무신통이다.

히말라야 동쪽의 작은 나라 부탄은 1인당 국민 소득이 3,000달러 수준으로 세계 최빈국 중의 하나다. 그런데 이 나라 국민들의 행복 지수는 아이러니하게도 세계에서 가장 높다. 행복 지수가 상위 그룹에 속한 나라들은 가난하지만 평화롭고 가족 공동체 생활이 잘 유지되는 공통점이 있다. 경제적으로 크게 불편함을 못 느끼지만, 아이들과 대화할 기회가 적은 지금보다, 가난했지만 온 식구가 함께 고구마를 먹으며 이야기꽃을 피웠던 1970년대 중반의 내 행복 지수는 훨씬 높았다.

우리나라에서 고구마는 옛날 배고픈 국민들의 허기를 달래주던 구황 식품에서 요즘에는 최고의 다이어트 건강식품으로 위상이 한껏 높아졌다. 그러나 나에게 고구마는 과거엔 가족 간의 대화를 이어주고 공동체 생활의 행복을 느끼게 해준 최고의 매개체였지만, 지금엔 혼자 보는 TV 앞에서 무료함과 쓸쓸함을 달래기 위해 우적거리는 평범한 기호 식품으로 전락하고 말았다.

우리 아이들이 이 글을 본다면 왁자지껄한 가족 공동체 생활에 목마른 아빠의 간절한 마음을 이해해줄까? 허구한 날 잔소리와 철 지난 썰렁 개그로 신세대와의 대화 분위기를 깨는 쉰세대 고집불통 노인네의 넋두리로 치부해 버리진 않을까?

"지민아, 고구마 쪄놓았다. 엄청 달다. 고구마 먹으면서 TV보자!"

"에이! 바쁜데…. 맨날 맛없는 고구마 먹으래. 알았어! (썰렁한 아빠 한 번 봐주는 셈 치고) 지금 갈게요!"

이런 날을 손꼽아 기대하며 오늘도 난 하릴없이 고구마를 찌고 있다.

정미의 꿈

10여 년 전 팀장 시절이다. 연말 망년회를 주관해야 했던 필자는 곤드레만드레 술만 먹던 망년회 문화를 바꾸고 싶었다. 술 먹는 회식 대신 불우 이웃 방문으로 망년회 행사를 대신하고 나서 느꼈던 큰 보람과 행복감을 소재로 한국은행 소식지에 기고했던 글을 소개한다. 본문의 등장인물은 가명으로 처리했다.

지구 온난화를 비웃기라도 하듯 유난히 추웠던 지난 12월 어느 날, 한 무리의 넥타이 부대가 양손 가득 선물 꾸러미를 들고 남산자락에서 불어오는 칼바람을 맞으며 서울역 맞은편 동자동 뒷골목을 오르고 있습니다. 갱스터 영화에서나 나올법한 어둡고 음산한 쪽방촌을 지나 덜거덕거리는 미닫이문을 열자 정미네 보금자리가 나타납니다. 좁은 방에서 초등학교 5학년인 정미와 7살 남동생 석찬이, 앞니가 빠져 웃는 모습이 순박해 보이는 정미 아버지가 우리를 맞이합니다. 좁은 방에 어울리는 작은 브라운관 TV가 켜져 있고 낮은 천장에는 빨래가 어지럽게 널려있어 좁은 방이 더욱 옹색해 보입니다. 옷가지 선물 보따리를 풀어놓자 즉석에서 겨울 잠바를 입어보는 석찬이의 해맑은 웃음에 강추위에 얼었던 우리들의 몸과 마음이 순식간에 눈 녹듯 풀어집니다.

정미는 엄마가 안 계십니다. 아니, 엄마 얼굴도 모르고 어디 사는지도 모르니 안 계신 거나 진배없지요. 엄마가 보고 싶을 때면 아빠의 주름진 얼굴과 자기 얼굴을 번갈아 보면서 엄마 얼굴을 상상해 볼 뿐입니다. 정미 엄마는 장애인이었고 장애를 견디지 못해 마약에 빠진 나머지, 정미를 낳고 얼마 지나지 않아 집을 나가고 말았습니다. 정미 아빠는 용접 기술을 가진 일용 노동자인데 엄마가 가출한 후 일하는 날보다 술 먹는 날이 많았던 알코올 중독자였습니다. 물론 지금은 목사님의 도움으로 술을 끊었지만요.

우리를 안내해 주신 목사님께서는 정미의 꿈이 의사가 되는 것이라고 했습니다. 정미뿐만 아니라 쪽방촌 아이들은 또래들처럼 꿈을 꾸지만, 부모들은 그 꿈을 실현시켜줄 수 있는 능력도 희망도 없다고 했습니다. "아이들은 항상 꿈을 꾸지요. 부모들이 그 꿈을 뒷바라지할 수 없다면 사회가 대신 해야 합니다." 힘주어 말씀하시는 목사님 말씀에 자신이 한없이 부끄러웠습니다.

인근 교회의 목사님 부부는 결손 가정 아이들에게 식사를 제공하고 공부를 가르치며 아이들이 꿈을 포기하지 않도록 도와주고 계셨습니다. 최근엔 한 아이가 대학에 합격하였고 연초부터 모은 장학금으로 입학금을 충당했다며 어린아이처럼 좋아하셨습니다. 앞으로 이곳의 모든 아이에게 대학 학자금을 지원하는 것이 목사님의 꿈이라고 합니다. 아! 그 순간 목사님 부부가 얼마나 아름답고 행복해 보였는지요!

목사님의 꿈은 꼬옥 이루어질 거예요.

운용지원실 직원들이 동자동 쪽방촌 아이들과 소중한 인연을 맺었던 날은 바로 우리 실의 송년회 날이었습니다. 오랫동안 기억에 남을 송년회를 기획하고 싶었지만, 화합을 빙자한 과음이 당연시되고 숙취로 노동 생산성이 급격히 떨어지며 건강까지 해치는 우리나라의 전형적인 회식 풍경만이 아른거릴 뿐이었습니다. 두주불사(斗酒不辭)형 주당이 비주류족을 2차, 3차까지 끌고 다니는 '악화(惡貨)가 양화(良貨)를 구축'하는 기이한 세상…. "못 살겠다! 바꿔보자!" 회식 때마다 피해자라고 자칭하는 모 비주류 직원은 죽음을 각오한(?) 혁명을 꿈꾸고, 혁명 동지들을 모으고자 '송년회를 불우 이웃 돕기로 대체하자!'며 거창한 구호를 외치게 됩니다. 때마침 총무국에서는 12월 중 직원 윤리 강령 중점 실천 과제로 '건전하고 따뜻한 연말 보내기'를 선정함으로써 혁명을 측면에서 지원하게 되지요. 어? 그런데 이게 어찌 된 영문입니까? 혁명가는 진압군에게 장렬히 전사할 각오로 목숨 건 구호를 외치지만 도대체 진압군은 보이지 않고 모든 직원이 맹렬하게 혁명에 동참하는 바람에 게임은 싱겁게 끝나고 말았네요.

우리 직원들 가슴에는 소외된 이웃을 돕고자 하는 따뜻한 마음은 물론, 괴이한 우리나라의 회식 문화에 대한 반감도 자리하고 있었던 거지요. 단지 오랫동안 이어져 온 회식 문화의 질긴 올가미를 찢을 용기가 없었을 뿐…. 이렇게 시작된 송년회는 준비하는 것부터가 즐거움뿐이었습니다. 송년회 비용을 모두 털어 다섯 가족의 아이들에게 옷가지 등 선물을 구입하였습니다. 우리의 뜻을 장하게 여기신 남대문 시장 아주머니들도 대박 할인 혜택으로 화답하시며 우릴 신명 나게 했지요.

행사 직후 목사님의 기도 말씀 중 저의 폐부를 찌르는 말씀이 있었습니다.

"한국은행의 돈이 소외된 이웃들에게까지 골고루 흘러갈 수 있도록 해 주십시오."

아! 혹시 우리가 거창하고 뜬구름 잡는 통화신용정책만을 고집한 나머지 목사님의 당연한 바램을 소홀히 하지는 않았는지요? '소외된 이웃에 대한 자금 지원 방안' 같은 제목은 금통위 안건으로 정말 부적합한 건가요?

행사가 끝나고 우린 인근 허름한 시장 식당에서 된장찌개로 허기를 달랬습니다. 포도 농장을 하시는 실장님 누님께서 보내주신 포도주 한잔으로 그나마 사치스럽게(?) 송년회를 마무리할 수 있었죠. 술이 부족해 역사 이래 가장 맹숭맹숭한 송년회였지만 작은 힘이나마 어려운 이웃을 도왔다는 뿌듯함으로 가슴 깊은 곳 뭉클함이 솟아나는 가장 따뜻한 송년회가 되었습니다.

이제야 저는 이 글을 쓴 이유를 말씀드리고자 합니다. 사실은 변변치 못한 봉사 활동을 자랑해서도 안 되고 자랑거리도 안된다는 걸 알기에 우리끼리만 이 즐거움을 간직하고 싶었습니다. 하지만 저희의 쑥스러운 고백으로 인하여 직원들 모두가 우리나라의 곤드레만드레형 회식 문화를 청산하고 회식 비용을 아껴 어려운 이웃을 돕는 즐거움을 공유할 수 있다면 굳이 부끄러워할 이유가 없을 것 같다는 용기가 나더군요. 여러분! 올해 송년회부터는 저희의 방법을 경험해 보지 않으실래요?

자전거와 춤을
- 서울에서 부산까지 행복 찾아 삼만리

세상은 도통 모를 일이다. 40년간 타지 않았던 자전거. 그런데 어느 날 갑자기 자전거로 서울에서 부산까지 내달렸다. 힘들었지만 가장 행복했던 5박 6일간의 자전거 여행 기록이다. 함께 페달을 밟으며 고난을 함께해 준 아들이 있어 더욱 보람찼던 순간들을 소개한다.

지난 40여 년간 자전거를 타본 적이 없었다. 마지막으로 자전거를 탄 것은 고등학교 시절 시골집에서 십 리 길인 학교까지 통학용으로 고물, 그야말로 굴러가는 것이 신기할 정도의 고물 자전거를 탔던 기억밖에 없다. 가난했고 도통 돈 한 푼 쓸 줄 모르셨던 어머님이 어디서 자전거를 구해왔는지는 지금도 미스터리이다. 당시 자전거 체인이 자주 벗겨지고 고장이 잘 나서 벗겨진 체인 집어넣고 또 벗겨지면 또 집어넣기를 10번쯤 반복해야 집에까지 도착했었다.

자전거에 대한 좋은 기억이 별로 없었던 나머지 고등학교 이후 40여 년을 자전거를 타지 않았다. 그런데 어느 날 갑자기 자전거 국토 종주라는 말도 안 되는 계획을 하게 된 것은 실로 우연한 기회 때문이었다. 회사에서 하계휴가를 1주일 이상 장기 휴가로 사용하라고 권고했다. 아내가 자영업자라 장기간 휴가를 낼 수가 없어 혼자서 뭘 할지 고민하자 친구가 국토 종주 자전거 여행을 권했다. 정부가 4대강 정비 사업을 완료했기 때문에 4대강 줄기를 따라 자전거 전용 도로가 연결되어 아주 쉽게 국토 종주를 할 수 있다는 것이었다. 알고 보니 이는 국토 종주를 권고한 친구도 실제 경험해 보지 않은 탁상공론에 불과했고, 실제로 종주길에 오르니 자전거를 이용하기에 아직도 위험하고 힘든 코스가 곳곳에 도사리고 있었다.

나의 감언이설에 속았는지 대학생 아들이 자전거 국토 종주를 함께 하겠다고 했다. 천군만마를 얻은 기분도 잠시, 준비 안 된 초보, 부자 라이더의 종주 여행은 고난의 연속이었다.

종주 출발 전날 밤에 인터넷으로 주문한 30만 원짜리 자전거를 조립하였다. 자전거 주문 담당은 아들이 했는데, 아빠 자전거는 바퀴가 두껍고 튼튼한 MTB 자전거를 구매하였고, 아들 자전거는 선수들이 애용하는 로드형과 유사한 하이브리드를 주문하였다. 하이브리드 타입이 속도가 빠르고 날렵하게 잘빠져서 아들이 선택한 것 같았다. 그러나 이 하이브리드형 자전거는 장거리 여행을 하기에는 펑크가 너무 잦아 결과적으로 고난과 아들의 스트레스를 배가시키고 말았다.

헬멧, 가방, 스마트폰 거치대, 충전기, 국토 종주 인증 수첩, 지도, 후면등, 세면도구, 선크림, 파스, 짐받이, 펑크 수선 키트, 응급약품 등등 수많은 준비물을 챙겨 600km가 넘는 자전거 국토 종주의 출발선에 섰다.

7월 4일, 토요일, 드디어 출발이다

새벽 6:30 출발, 독립문역 지하철에서 짐받이 묶는 끈이 체인에 걸린다. 출발부터 험난한 여행을 예고하나? 불길하다. 이른 아침부터 출발지 팔당역 가는 자전거 여행객이 의외로 많다. 나중에 알고 보니 춘천행 라이더들이다.

능내역에서 양평미술회관까지 4km 줄 알았는데 자그마치 28km. 윽, 초반부터 예정에 없던 긴 라이딩, 너무 피곤하다.

여주보에서 강천보 사이, 더위와 배고픔에 지쳤으나 식당을 찾을 수 없다. 하는 수 없이 종주 자전거길 순로에서 한참을 벗어난 식당까지 이동하여 점심을 먹고 다시 자전거길로 간신히 합류하여 그늘에서 쉬는데 빙 돌아온 길이 너무 억울하다.

비내섬 인증센터 가기 전 해 질 무렵 공사 구간 비포장도로를 지나면서 아들 자전거가 펑크가 났다. 인터넷에서 공부한 대로 펑크 키트를 이용해 1시간가량 끙끙거렸지만 결국 실패하였다. 어린 아들은 멘붕에 빠져 어쩔 줄 모른다. 걱정마라 아들!, 시간이 해결해 준다. 웬걸 시간은 해결해 주지 않았다. 역시 탁상에서 공부한 것은 도움이 안 된다. 어둑해지자 하는 수 없이 아들은 콜택시를 불러 숙소로 보내고 나만 자전거로 숙소까지 이동하였다.

충주시 양성면 유앤관광호텔에서 첫 번째 밤을 보냈다. 오늘 하루약 102km를 달렸다.

7월 5일, 일요일, 종주 2일째

-아침에 눈을 뜨니 온몸이 만신창이 천근만근이다. 40년 만에 자전거를 타면서 어제 하루에만 100km를 넘게 달렸으니 오죽하랴. 호텔방 천장을 처다보며 아들을 꼬드겼다.

"야~ 아들! 죽겠다. 그냥 집에 돌아가자."

"그럴까?"

"앞으로 500km나 남았는데 이 몸으로는 도저히 무리일 것 같다. 평소에 자전거 한 번도 안 타 본 우리가 어느 날 갑자기 어떻게 국토 종주를 하겠냐? 사람 잡겠다. 집에 가자. 응?"

"아빠, 그래도 여기까지 왔는데 나중에 후회하지 않을까?"

"(좌~식, 잘난 척하기는. 대견하게 다 컸네)하이고 오메~ 알았어. 좀 쉬었다 펑크 때우고 출발하자."

자전거 펑크를 수리해야 하는데 인근에 자전거 수리점은 없고 오토바이 수리점밖에 없다고 한다. 꿩 대신 닭이라도. 오토바이 수리 업체를 불렀는데 수리 업자가 가져온 새 튜브가 사이즈가 맞지 않는다고 아무런 도움도 주지 않은 채 떠나버린다. 이제 남은 건 준비해 온 자전거 펑크 수리 키트를 이용해서 우리가 직접 수리하는 방법밖에 없다. 인터넷도 다시 찾아보고 갖은 시행착오를 거쳐 드디어 수리 성공. 자그마치 3시간을 허비하였지만, 전문가가 된 기분. 보람차고 행복했다.

다시 페달을 밟는다. 어제 100km 넘는 길을 하루 만에 주파한 부작용이 나타난다. 나름 근육이 튼실하다고 자부한 엉덩이는 불이 난 것처럼 따갑고, 계속 운전대를 잡고 있다 보니 손목은 감각이 없다. 허벅지 근육은 이미 기진맥진. 남은 500km가 두렵다.

그래, 남은 건 정신력이야. 꼰대철학으로 정신을 재무장하고 충주 탄금대까지 일사천리로 달렸다. 근처에서 점심을 먹고 출발하다가 길을 잘못 들어 약 8km를 백 행군하였다. 1km 전진하기도 힘이 드는 장거리 자전거 종주족에게 있어서는 안 되는 실수, 백 행군이다. 울고 싶었다.

수안보 온천을 코앞에 두고 아들 자전거가 또 펑크가 났다. 이놈의 하이브리드형 자전거는 겉모습만 번지르르하지 도통 유리 몸이다. 아들은 자기 자전거만 계속 펑크가 난다고 안절부절 못한다. 걱정마라, 아들. 펑크 수리 전문가(?) 아부지가 있단다. 펑크난 자전거 튜브를 인근 강물에 적셔서 뽀글뽀글 흘러나오는 공기 방울을 감안하여 정확한 펑크 부위를 확인 한 후, 접착제와 사포를 이용하여 펑크를 떼운다. 두 번째 펑크 수리라 그런가? 두려움은 사라지고 손놀림도 제법 능숙하다.

수안보 온천에서 족욕을 하면서 지친 종아리를 달랜다. 자전거 펑크 때문에 스트레스를 받던 아들이 원기를 회복했는지 오늘 안에 이화령까지 가자고 주장한다. 시간상으로 힘들 것 같은데 강행하기로 하고 다시 페달을 밟는다.

한참을 달리다 아들이 또 SOS를 친다. 자전거 튜브 바람이 조금씩 빠져나간다고 했다. 이른바 '실빵꾸'였다. 수리하기에는 애매한 고장이다. 튜브에 공기를 보충하고 달려보니 4~5시간은 무난하게 버틸 수 있을 것 같다.

수안보 온천을 지나자마자 나타난 조소령 고개가 너무나 힘들다. 가파른 오르막 고갯길이 계속 이어지는 바람에 하는 수 없이 일부 구간은 이른바 '끌바(자전거에서 내려 손으로 끌고 가는 것)'로 대체한다. 전문 라이딩족들에게 끌바는 부끄러운 부정 행위로 치부된다. 아무리 가파른 오르막이라도 페달을 밟고 전진하는 것이 라이더의 숙명이라고 주장한다. 끌바가 부정행위임을 잘 알고 있지만, 지금은 죽을 것 같다. 끝바로라도 조소령을 넘어야 한다. 초보 라이더이니 끝바도 용서가 될 거다.

이화령 직전인 연풍면까지 최대한 달려서 저녁 9시경 연풍면 소재 모텔 새재파크에서 숙박하기로 한다. 저녁이 늦어서인지 모텔 프런트에 아무도 없어 전화로 간신히 호출하여 지친 몸을 달래줄 허름한 방한 칸을 얻었다. 연풍면은 작은 시골 소읍이다. 이 시간에 식당도 모두 문을 닫았다. 하는 수 없이 모텔 앞 형제슈퍼에서 할머니에게 부탁해서 컵라면에 맥주 한잔으로 지친 하루를 마감한다.

오늘 하루도 약 85km를 달렸다. 펑크 수리 때문에 늦게 출발했고 힘든 조소령 고개를 감안하면 선방한 셈이다.

7월 6일, 월요일, 종주 3일째

실빵꾸가 났던 아들의 자전거 튜브에 공기를 주입하고는 모텔 앞 식당에서 아침을 해결한다. 식사가 끝날 때쯤 모텔 주인이 '서울 신사'인 우리를 쫓아와서는 이모티콘 공짜로 받는 방법을 알려 달라고 하신다. 최신 기법(?)을 전수하고 나니 뿌듯하다.

드디어 이화령 고개. 국토 종주 자전거길에서 가장 악명 높은 공포의 이화령 고개를 불과 1시간 만에 주파하였다. 어제 조소령 고개를 넘으면서 이미 예방 주사를 맞아서인지, 아니면 이른 아침 기력을 회복해서인지 큰 어려움 없이 이화령을 넘어 이화령고개 휴게소에서 달콤한 휴식을 만끽하였다.

이화령 고개를 넘으니 신나는 내리막길이다. 그런데 억울하다. 오르막길에서는 힘들게 허벅지 근육을 이용해서 페달을 밟았는데, 내리막길에서는 안전 관계상 브레이크를 수시로 밟아줘야 한다. 중력의 관성을 100% 이용 못 하니 왠지 손해 본 기분이다.

내리막길 끝날 때쯤 길거리 가게에서 문경 사과를 먹었다. 와, 맛있다. 더운데 서울에서 열심히 돈 벌고 있을 아내 생각에 택배로 배달시킨다. 문경 불정역 지나 어디쯤에선가 점심으로 불고기를 먹었다.

그런데 이번에는 아들 자전거 짐받이의 나사가 빠져 짐을 묶기가 불편하다. "왜 내 자전거만 이러지?" 아들이 또 스트레스 받는다. 아직은 어린 녀석이다. 귀엽다. 상주 삼풍교 인증 센터를 지나 인근 오토바이 가게에서 짐받이 나사를 조였다. 무료로 수리해 주신 가게 사장님이 넘너무 고맙다.

상주 삼풍교 인증 센터 부근에 더워 죽겠는데 시원한 음료수 양심판매대가 있다. 상주 자전거 민박집에서 운영하는 것인데 작은 얼음

물 한 병이 자그마치 이천 원이다. 양심 판매대의 물 가격이 너무 비양심적이라 판단하고, 아들하고 상의 끝에 두 개에 이천 원만 남겨둔다. 지금 생각하니 우리가 비양심적이었다. 나중에라도 이천 원 더 드려야겠다.

오늘이 7월 6일이니 1년 중 최고로 더운 계절이다. 상주보 인증 센터까지 페달을 밟는데 너무 덥다. 아들의 반바지 아래 종아리가 화상 직전이다. 어린 아들이 너무 힘들어한다. 상주보 인증 센터는 그늘도 없다. 궁여지책으로 내 양말과 속옷으로 아들의 화상 부위를 가리고 출발한다. 한참을 달리다 슈퍼에서 아이스크림과 얼음물을 사서 약 한 시간 정도 아들의 화상 부위를 냉찜질하니 조금은 살 것 같다.

아들이 오늘 저녁까지는 구미보를 돌파하여 숙박할 것으로 주장한다. 토요일 일정이 있어서 금요일까지는 올라와야 한다고. 그런데 낙단보에 도착할 즈음 아들 자전거의 실빵꾸가 완전 빵꾸로 변신해 버린다. 종아리 화상도 심해져 더 이상 전진이 불가능하다. 아들이 또 울상이다.

오늘은 더 이상 전진하는 것을 포기하고 낙단보 민박집에 전화했더니, 민박집 사장님이 차량으로 상주 시내 자전거 수리점과 약국에 데려다주신다. 이런 편리한 세상을 두고 힘든 자전거 여행 중인 우리가 우습다.

자전거 튜브를 교체하고 여분의 튜브도 추가로 구입했다. 펑크가 날 경우 튜브를 통째로 교체하면 훨씬 편리하다. 자전거 점검도 이만 삼천 원에 받았다. 와 저렴하다. 약국에서 사천 원짜리 화상 연고를 구입하여 기분 좋게 민박집(상주시 낙동면 물량리)에서 숙박한다. 석식, 조식, 구미보 점프 비용, 막걸리 한 병 포함에 총 팔만 원이었다. 방도 넓고 깨끗하다. 안줏거리가 화려하진 않지만, 막걸리 한 병을 아들하고 원샷하고 나니 좀 살 것 같다. 민박집 아줌마는 과거 화가 출신이란다. 멋진 그림이 곳곳에 장식되어 있다. 편안한 곳이었다.

오늘은 총 98km를 달렸다.

7월 7일, 화요일, 종주 4일째
교체한 아들 자전거에 또 실빵꾸가 나서 튜브에 공기를 보충하고, 아침 식사도 민박집에서 해결한 후 구미보까지 민박집 차량으로 바로 점프하였다. 19km를 공짜로 해결하니 기분이 날아갈 것 같다. 사실은 너무 힘든 나머지 국토 종주 과정에서 처음으로 반칙을 범한 것이다. 후회스러운 순간이다.

칠곡보까지는 편안한 길이 이어진다. 오전 10시경부터 빗방울이 떨어지더니 오후부터는 비가 세차게 내리친다. 강정고령보 거쳐 달성보까지도 일부 어려운 구간이 있었으나 큰 문제 없이 낙동강을 따라 남으로 남으로 질주한다.

아들 자전거 짐받이가 또 말썽을 피운다. 이제 이 정도의 고난은 고난도 아니다. 달성보에서 합천창녕보 구간(38km)에서 너무 힘들다는 네 개의 재를 넘어야 한다면서 달성보의 편의점 아줌마가 우회 길을 알려준다.

알고 보니 적교장 모텔에서 힘든 코스의 우회 길을 알려주면서 우회 길목에 있는 자기 모텔을 이용하라고 판촉하는 측면도 있었던 것 같다. 문제는 알려준 우회 길이 정확하지도 않고 위험천만한 국도를 타야 하는 길이 대부분이었다. 비는 내리는데 스마트폰에 의존해 꾸역꾸역 찾아간다. 중간에 공사 구간 등을 지나는데 짜증이 난다. 아들에게 위험한 자동차 길을 피해 다니라고 다그치면서 처음으로 화를 냈다. 아들아, 미안!

중간에 무심사로 안 가고 우회했으면 편안하게 창녕보에 도착했을 텐데. 무심사 길로 가는 바람에 어마어마한 고갯길, 끌바로도 힘든 험한 등산길을 빗길에 넘어야 했다. 위험천만한 코스였다.

아들이 자전거 짐받이 고장 때문에 엄청나게 힘들어하면서도 어찌 어찌 창녕보에 도착하였다. 비에 흠뻑 맞고 인증 센터 도장 찍고 있는데 마침 적교장 모텔 트럭이 지나가다가 우리 몰골을 발견하고는 적교장에서 숙박할 거면 트럭에 타라고 한다. 너무 힘든 코스로 안내한 적교장을 이용하지 않으려고 했으나 날도 어두워지고 비용도 저렴해서 바로 탑승하고 말았다. 사장님이 트럭을 이용해서 함안보 쪽으로 10km를 점프해 주시는 센스를 발휘해 주신다. 또 반칙을 저질렀다.

저녁은 적교장 모텔 바로 옆 식당에서 삼겹살과 맥주로 오랜만에 만찬을 즐겼다.

낙동강 줄기를 따라 잘 정리된 자전거 전용 도로를 많이 이용해서 인지 오늘 하루에만 자그마치 151km를 주파하였다.

7월 8일, 수요일, 종주 5일째

적교장 모텔에서 자전거 짐받이 수리하고 아침 식사도 호텔 옆 식당에서 저렴하고 맛있게 해결하였다. 적교장 모텔 명함에 새겨진 우회 도로를 따라 어렵지만 어찌어찌하여 창녕함안보까지 도착했다.

우회 길에서 비포장 국도를 지나면서 믿거라 했던 내 MTB 타입 자전거가 처음으로 펑크가 났다. 하지만 난 이미 펑크 수리 전문가가 아닌가? 여분 튜브로 교체하는데 15분 만에 해결하였다. 아들이 처음으로 아빠를 자랑스러워했다.

창녕함안보에서 컵라면과 소시지, 에너지바로 점심을 해결하고 기분이 좋아져서 내친김에 목적지 부산까지 따로 식사하지 말고 에너지바 등으로 해결하자고 도원결의 후 출발한다.

양산 물문화관까지 평이한 강변 길이 많았지만, 맞바람이 엄청나서 전진하는데 힘이 세 배쯤 들었다. 이정표 상에 나타난 거리보다 한참 늦게야 물문화관이 나오는 바람에 비바람을 맞으며 막바지 힘겨운 페달을 밟았다.

양산 물문화관에서는 경기도 안산에서부터 국토 종주 중인 여대생을 만나 힘들었던 자전거 종주 여행 무용담을 나누었다. 여대생은 친구 세 명이 출발했으나 사흘 만에 한 사람은 포기하였고, 무거운 짐을 줄이고자 포기한 친구 편에 펑크 때우는 장비를 돌려보냈으나, 공교롭게도 그 후 하루에 세 번씩이나 펑크가 나는 바람에 늦어졌단다. 나머지 한 사람은 길을 잘못 들어 늦게 오는 중이란다. 우리 못지않게 파란만장하다.

양산 물문화관에서 최종 목적지인 부산 낙동강 하구언까지 평탄

하고 좋은 길이지만 점심이 부실한 나머지 허기를 건딜 수 없어 도착 10km를 남기고 떡라면을 사 먹어야 했다.

최종 목적지를 5km 정도 남기고 폭우가 세차게 우리를 반겼다. 수많은 고난과 역경을 뚫고 무사히 도착했다는 성취감에 아들과 함께 고래고래 소리를 지르며 낙동강 변을 질주하였다. 비바람에 자전거를 타는데 이렇게 즐거울 수도 있다니. 지금 생각해도 뿌듯한 순간이다.

어두워지기 직전에 낙동강 하구언에 드디어 도착했다. 오늘 하루에만 자그마치 총 145km를 주파하였다.

빗속에서 도착 인증 사진을 찍고 인근의 삼천포 횟집에서 저녁을 먹었다. 사장 아주머니가 우연히도 필자와 동향이었다. 2000년대 초반에 상가를 매입했으나 지금도 그 가격이라면서 투자 실패를 억울해하셨다.

종주 길의 마지막 여정은 편안하고 고급스러운 숙소에서 마무리하고 싶었는데 아들이 찜질방을 가자고 한다. 역시 젊은 감성이다. 을숙도 해수피아에서 사우나로 지친 몸을 달래는데 반바지 아래로만 햇볕에 그을린 종아리가 거의 흑백의 조화처럼 선명하게 구분되었다. 고난 극복의 자랑스러운 상혼이다.

7월 9일, 목요일, 무사히 귀경하다

귀경길은 부산역 KTX를 이용했다. KTX에서 승무원이 자전거를 박스로 포장해서 싣고 접이식만 가능하다는 둥 까다롭게 굴었다. 하는 수 없이 그냥 기차표를 끊고 햄버거로 아점을 먹은 후 출발 30분 전에 짐칸을 선점하여 자전거 앞바퀴를 분리했더니 자전거 전체가 수월하게 짐칸에 안착하였다.

KTX로 2시간 44분 만에 서울역에 도착하였다. 자전거로 총 닷새씩이나 걸렸던 고난의 국토 종주 길을 3시간도 채 안 되어 도착하고 나니, 다소 허무하기까지 하였다.

국토 종주가 남긴 깨달음

자전거 국토 종주 닷새간 힘들게 페달을 밟으며 두 가지 깨달음 아닌 깨달음을 얻었다. 첫째는 중력이야말로 인간이 거스를 수 없는 무서운 자연현상이라는 것이고, 둘째 깨달음은 오르막이 있으면 반드시 내리막이 있다는 것이다. 약간의 오르막 경사만 있어도 페달을 밟기가 너무 힘이 들지만 소폭의 내리막 경사라도 너무나 쉽고 상쾌하게 라이딩을 즐길 수 있었다. 우리 모두 아는 평범한 사실이지만 닷새 간의 여정 속에서 너무나 뼛속 깊숙이 와 닿았던 큰 깨달음(?)이었다.

힘들었지만 보람찼던 시간을 아들이 함께 해주어 더욱 행복한 순간이었다. 아들, 고마워.

군자원포주(君子遠庖廚)

몇 년 전 소위 꼰대세대인 필자가 동창 친구에게 들은 이야기를 소재로 써 놓았던 글이다. 행복한 가정을 가꾸고 싶은 중년 남자들에게 일독을 권한다.

　"저 퇴근했어요!"

　현관문을 들어서는 아내의 양손엔 찬거리로 가득 찬 시장바구니, 정체 모를 잡동사니로 항상 묵직해 보이는 배불뚝이 핸드백, 우편함에서 집어 온 우편물 등이 주렁주렁 매달려 작은 체구가 더욱 왜소해 보인다.

　"응, 왔어?"

　의례적인 인사 외에 무거운 짐을 받아줄 생각은 애당초 없었다.

　"에이! 늦게까지 일하고 힘들어 죽겠구먼, 짐 좀 받아주지!"

　아내의 볼멘소리에 마지못해 현관 앞에 널브러진 시장바구니를 부엌으로 옮겨놓고, 옷 갈아입으러 안방에 들어가는 아내의 뒷모습을 차가운 눈초리로 힐끗 쳐다보고는 다시 소파에 파묻혀 TV 리모컨 조작에 나선다.

　'제길! 자기만 힘드나?' 나이 50이 훌쩍 넘은 내가 오늘 저녁 얼마나 많은 가사 노동에 시달렸는지 알기나 해?' 자칭 조선 군자의 뼈대 있는 후손인 영호는 화요일엔 화가 난다. 왜 화가 나는지, 퇴근하는 아내에게 왜 냉랭하게 대하는지, 오늘 아내가 퇴근하기 전까지 숨 쉴 겨를도 없이 했던 일들을 영호는 재현해 본다.

주초라서 바빴던 회사 일을 힘들게 마치고 퇴근하면 집엔 아무도 없다. 화요일엔 아내가 저녁때까지 일하는 날이고 대학생 아들은 대부분 늦게 들어오니까 불 꺼진 거실은 당연하다. 썰렁하지만 거실에 들어서는 순간 외로움을 느낄 여유조차 없다. 할 일이 태산이라는 거 잘 알고 있으니까. 더구나 화요일엔.

우선 허기진 배부터 채우자. 낮에 아내가 무슨 일을 했는지 안 봐도 잘 알 수 있다. 아내 특유의 빠르지만 체계적이지 않은 살림 솜씨 탓에 항상 부엌은 설거짓거리로 넘쳐난다. 나이가 들면 남자들에게 여성 호르몬이 증가한다는데 그 때문인지 갈수록 섬세해지는 영호의 손놀림이 당장 필요한 어수선한 부엌이지만, 금강산도 식후경인지라 우선은 아내가 끓여놓은 국부터 데우고 TV를 켜서 좋아하는 프로야구팀 경기 상황을 확인한다. 오늘은 K팀 에이스가 출격해서인지 근소한 점수 차로 이기고 있다. 올 시즌 K팀의 행보를 보면 보나 마나 경기 후반에 역전패할 가능성이 크니 별 기대를 안 하면서도, 오늘은 힘든 날이니 제발 야구라도 이겼으면 좋겠다.

저녁 밥을 먹는 동안 식사 후에 해야 할 일을 순서대로 머릿속에 그

려본다. 빨리 끝내고 야구 경기 후반의 긴박함을 차분하게 즐기기 위해서는 시간 손실을 최소화할 수 있도록 일의 흐름을 일목요연하게 정리하고 있어야 한다. 경영학 시간에 배운 목표 관리가 이럴 때 요긴하게 쓰인다.

① 저녁 식사가 끝나자마자 고무장갑을 낀다. 낮에 아내가 쓰고 나서 제대로 말려놓지 않아 고무장갑 속이 축축하다. 일전에도 고무장갑이 닳아 집 앞 편의점에서 2,500원을 주고 사면서 '쪽팔리게 이런 것까지 내가 사야 하나?' 화가 났었는데 오늘도 눅눅한 고무장갑 때문에 벌써 화가 나지만 참아야 한다. 화요일엔 화낼 일이 아직도 많으니까.

② 냉장고로 직행할 잔반과 음식 쓰레기를 별도로 정리한 후 설거지가 필요한 그릇을 싱크대에 쌓는다(소요 시간 5분. 워낙 숙달된 탓에 이 정도 시간이면 충분하다).

③ 식구들이 귀가하면 바로 밥을 먹을 수 있도록 쌀(일반미, 현미, 현미 찹쌀 각 1컵씩)을 씻어 전기밥솥에 넣고 적당량의 물과 함께 쌀을 불린다(5분).

④ 영호가 좋아하는 간식인 고구마를 씻어 가마솥 냄비에 찐

다. 다른 식구들은 고구마를 좋아하지 않으니 오늘 밤 해야 할 일 중에서 유일하게 영호 자신만을 위한 일이어서 보람차다(5분).

⑤ 쌀과 고구마를 씻는 과정에서 싱크대에 쌓아 놓은 그릇에 충분한 물이 적셔진 관계로 본격적으로 설거지를 실시한다. 쌀과 고구마를 설거지 더미 위에서 씻은 후에 설거지를 시작하는 방법은 오랜 시간 시행착오 끝에 개발한 영호만의 설거지 빨리하기 비법이다(20분).

⑥ 고구마 찌는 가마솥에 김이 나면 가스레인지 불을 약한 불로 낮추고 전기밥솥을 취사 모드로 전환한 다음 음식 쓰레기와 재활용 쓰레기를 정리한다. 특히 재활용 쓰레기는 일주일 중 화요일에만 버릴 수 있으니 일주일간 쌓인 쓰레기의 부피와 무게가 상당하여, 200m나 떨어진 쓰레기 집하장까지 재활용 쓰레기를 종류별로 버리는 일이 오늘의 하이라이트이자 영호의 화요일을 가장 화나게 하는 장본인이다.
1990년대 초반 황산성 환경부 장관께서 도입한 쓰레기 분리수거 제도가 긴 세월 영호의 화요일을 망치게 될 줄을 그때는 상상조차 못 했다. 한때 항간에서는 당시 존경받는 여성 장관이셨던 그분이 재활용 쓰레기 버리는 일이 필시 남자들의 일

이 될 거로 예측하고, 집안일은 하지 않고 권위만 앞세우는 한국 남편들을 골탕 먹이기 위해 도입했다는 억측까지 돌았을 정도로 남자들에겐 치명적인 조치였다(20분).

⑦ 고구마가 적당히 쪄졌는지 확인하고 가스레인지 불을 완전히 끈다. 며칠 전에 세탁소에 맡겼던 와이셔츠를 찾아야 내일 출근할 때 입을 수 있으니 새로 맡길 세탁물을 챙겨 세탁소로 향한다. 세탁물을 찾아 돌아오는 뒤통수가 항상 근지럽다. '쯧쯧! 저 집 여자는 도대체 뭐하길래 채신머리없게 항상 남자가 세탁소에 오나?' 세탁소 아줌마의 독백을 상상하면 오늘 저녁에만 벌써 세 번째로 화가 난다(10분).

⑧ 드디어 마지막 일만 남았다. 출근 바지를 다려 놓아야 내일 아침 출근길이 여유로울 것이다. '남들은 아내가 출근 바지를 다려준다는데...' 구겨진 바지처럼 구겨져 버린 남자의 자존심 때문에 또 화가 난다. 구겨지지 않는 양복바지가 있다면 억만금이라도 주고 사고 싶다. 발명가들은 도대체 뭐 하는지 모르겠다(5분).

　워낙 숙달된 지라 한 치의 오차 없이 순차적으로 해치우다 보니 자그마치 여덟 가지 일을 한 시간여 만에 끝냈다. 요즘은 전문가가 우대

받는 세상인데 가사 전문가가 다 된 기분이어서 오늘 밤 처음으로 우쭐한 기분을 느끼는 것도 잠시, 자신의 처지가 처량하기 그지없다. 기분도 전환할 겸 따끈하고 말랑하게 잘 쪄진 고구마를 먹으며 K팀의 승리가 매조지 되는 야구 경기 후반을 즐기려는데, 항상 불안감은 현실이 되는 법! 오늘도 어김없이 역전패의 악몽이 되살아나고 만다. 또화가 나 있는데 아내가 현관에 들어선다.

오늘 저녁만 벌써 다섯 번이나 화가 난 영호가 어찌 퇴근하는 아내의 짐을 받아주고 상냥하게 인사를 건넬 수 있단 말인가?
영호는 어려서부터 '부엌에 남자가 있으면 고추가 떨어진다.', '부엌에 온 남자는 부지깽이로 때려 출입을 금지시킨다.'라는 가르침(?)을 받고 자란 조선의 뼈대 있는 양반 출신이니 가사에 찌든 자신의 처지를 자책하는 건 당연하다. 더구나 남자가 부엌에 들어가면 안 되는 이유가 단지 권위적인 대한민국 남자들의 체면을 지키자는 것만은 아니며, 역사적으로도 엄연한 근거가 있음에랴.

성선설(性善說)과 맹모삼천지교(孟母三遷之敎)로 우리에게 익숙한 맹자(孟子)는 춘추전국시대의 제(齊)나라 선왕에게 왕도 정치(王道政治)를 설파하면서 군자는 푸줏간이나 부엌을 멀리하도록 가르친다. 선왕이 "과인 같은 사람도 백성을 보호할 수 있습니까?"라고 묻자, 맹자는 왕도정치의 첫 번째 요건은 군자의 마음이 흉포하지 않고 어질어야 하며 그래야만 백성들을 그런 방향으로 인도할 수 있다고 하였다. 심성이 어질고 바르게 되기 위해서는 무섭거나 잔인한 일을 하거나 봐서도 아니 되기 때문에 "군자(君子)는 원포주야(遠庖廚也)라!" 즉, 군자는 가축에 대한 살생이 이루어지는 푸줏간이나 부엌을 멀리하라고 하였다.

한국 남성들이 집안일을 멀리하게 된 것이 이토록 유구한 역사적 배경과 오랜 전통으로 형성된 자랑스러운(?) 문화일진대, 어찌하여 영호는 오늘 저녁에만 다섯 번씩이나 화를 내면서까지도 관습에 반하는 집안일을 하고 있는 것인가? 아내가 맞벌이라는 사실과 황산성 장관님의 쓰레기 분리수거 제도 도입에 따른 부작용 때문일 것이라고 치부하기에는 한국 남자의 체면이 지나치게 깎이는 일이 아니던가? 더구나 나이 50을 훌쩍 넘긴 영호에게는 화요일 저녁에 해야 했던 장장 여덟 가지의 가사 노동이 친구들에게 말을 꺼내기조차 부끄러운 자존심 상하는 일임이 틀림없을 것이다.

영호는 나에게 몇 안 되는 속마음을 털어놓을 수 있는 절친한 친구이자 초등학교 동기동창이다. 얼마 전 등산모임 후 뒤풀이에서 영호는 오래도록 숨겨왔던 자신의 가사 노동력이 착취당하는 현장을 고백했다. 적당한 취기를 이용하여 족보도 없는 궤변으로 포장한 영호의 충격적인 고백을 처음 듣는 순간, 난 불쌍한 친구에 대한 연민과 더불어 남자의 자존심을 버린 친구가 부끄럽기까지 하였다. 그런데 영호는 해괴한 논리를 들어 자신의 가사 노동을 포장하였다.

영호의 논리는 이른바 '갑을론(甲乙論)'. 우리 주변에는 수많은 갑과 을이 존재한다. 직장에서의 상하 관계, 기업이나 자영업자의 사업 관계, 정치판, 짜장면집 등 모든 삶의 생태계에서 을의 목줄을 쥐락펴락하는 갑은 을의 복종을 강요하고, 을은 갑의 요구와 무관하게 혼신을 다하여 갑을 섬긴다. 갑을 응대하는 과정에서 을의 자존심은 일고의 가치가 없다. 그런데 영호는 소위 끗발 있는 공무원이다. 업무 수행 과정에서 갑은 별로 없으며 수많은 을을 거느리고 있어 친구들에겐 부러움의 대상이자 모임에서 기가 사는 이유이기도 하다. 영호의 거의 유일한 갑은 직장 상사뿐이었다. 영호는 직장 상사에게 조선 군자의 자존심은 생각조차 한 적이 없을 정도로 열심히 봉사하였고 남들이 부러워하는 위치까지 승진도 하였다.

이런 영호의 평온한 삶 속에 언제부터인가 갑 중의 갑인 '슈퍼 갑'이 나타났다. 아니 갑이기는커녕 자신 주변의 수많은 을 중의 하나일 뿐이라고 치부했던 아내가 갑으로 둔갑해 있었다.

영호가 주장하는 갑을론의 핵심은 바로 남자들에게 갑중의 갑은 아내라는 것을 깨달았다는 것이다. 왜일까? 하늘의 뜻을 안다는 지천명(知天命)의 나이인 50세가 넘어가면서 영호가 깨달은 것은 자기 행복에서 아내가 차지하는 비중이 매우 크다는 것이었다. 툭하면 벌어지는 부부 싸움의 결과는 하루 생활의 절반을 차지하는 가정에서 행복을

앗아갔을 뿐만 아니라 나머지 생활까지도 엉망으로 만들어 버리는 악의 축이었다. 그러던 어느 날 아내의 감기 몸살 때문에 부득이하게 영호가 집안일을 하게 되었는데, 아내의 진심 어린 감사와 칭찬에 신이 난 영호는 그 이후에도 가끔 설거지를 해주면서 아내의 사랑과 가정의 평화로움을 자판기로 뽑아먹듯이 즐기고 있었다.

과유불급이던가? 아니면 불행의 씨앗을 스스로 키운 것인가? 시간이 갈수록 아내는 설거지해 주는 영호에게 칭찬을 해주기보다는, 설거지는 당연하고 추가적인 가사 노동을 기대하기 시작하였다. 억울하긴 했지만 영호는 자신의 집안일이 슈퍼 갑인 아내를 만족시키고 부부 싸움이 줄어듦에 따라 결국 자기 행복이 증진되는 것을 알고는 아내의 요구대로 노동의 강도를 차츰 높일 수밖에 없었고, 급기야 재활용 쓰레기를 버리는 화요일엔 장장 여덟 가지의 가사 노동에 시달리게 되었다는 것이다.

몇 년 전 영호의 고백이 있던 날, 영호는 친구들로부터 수많은 조롱과 핀잔에 시달려야 했다. 영호와 가장 친하다고 자타가 인정하는 나조차도 이런 창피한 이야기는 무덤에까지 비밀로 할 것을 협박하였다. 불똥을 두려워하는 친구들의 반응은 당연하였다. 그러나 세상일은 도대체 이해가 안 되는 것투성이다. 아이러니하게도 놀림과 협박의 대상이었던 영호의 '갑을론'은 그날의 고백 이후 친구들 사이에 은

밀하게 세력을 확장하고 있었다. 그뿐만 아니라 갈수록 기력이 쇠하는 한국의 중년 남편들 사이에서도 자신들의 행복권 보장을 위해서라면 가사 노동도 불사한다는 것이 대세론으로 굳어지고 있는 분위기다. 바야흐로 나와 가정의 행복을 위해서는 맹자의 가르침이나 조선 군자 후예의 자존심 따위는 큰 문제가 되지 않는 분위기다.

옛날, 맹자께서 영호의 갑을론을 아셨더라면 왕도 정치를 위한 군자의 덕목으로 '군자(君子) 원포주(遠庖廚)'가 아닌, 군자(君子)는 푸줏간과 부엌을 오히려 가까이해야 한다는 '군자(君子) 근포주(近庖廚)'를 설파하시지 않았을까?

필자를 포함한 대부분 사람은 인생의 목표가 행복이다. 그런데 몇 년 전 30여 년간 행복을 과학적으로 연구해오신 연세대 서은국 교수님의 행복에 대한 강의를 듣고, 많은 깨우침이 있어 요약해 소개한다.

서은국 교수님의 <과학으로 본 행복론>

■ 행복은 기쁨의 '강도'나 크기보다 기쁨을 느끼는 '빈도'가 더 중요하다.

오랫동안 기대하던 엄청나게 좋은 일(예를 들어 결혼, 승진, 내 집 마련 등)이 발생했을 때의 행복은 당초 상상하고 기대한 것만큼 행복하지 않다고 한다.

그 이유는 ① 인간은 금방 적응하는 경향이 있고, ② 좋은 일이 상상한 것만큼 행복한 일만 있는 게 아니기 때문이다.

존 스타인벡의 소설『진주』를 보자. 가난한 멕시코 어부 키노가 아들의 병원비 마련을 위하여 세상에서 가장 큰 진주를 캐서 크게 행복할 줄 알았지만, 그 이후 키노의 삶은 진주를 빼앗기지 않으려고 쫓고 쫓기는 불행한 삶으로 바뀌고, 결국 진주를 빼앗기지 않으려다 실수로 아들이 죽게 되는 불행을 맞게 되면서 진주를 다시 바다에 버리게 된다.

따라서 행복은 한번 강하게 느끼는 것이 좋은 것이 아니라, 여러 번 자주 느끼는 것이 좋다. 결국, 현재의 소소한 기쁨에 소홀한 자는 절대 행복해질 수 없다.

■ 과학적 분석 결과, 우리가 생각하는 일반적인 행복의 요소들(돈, 건강, 젊음, 미모 등)이 행복감과 거의 무관했다.

■ 행복의 개인차는 후천적인 노력보다는 타고난 선천적 기질이 절대적이라고 한다.

특히 '외향성(사회성)'이 높을수록 행복한데, 외향성을 결정하는 가장 큰 요인은 '유전'이다.

■ 한국인이 하루 동안 가장 큰 즐거움을 느끼는 행위는 좋아하는 사람과 대화하며 음식을 먹을 때라고 한다.

따라서 한국의 행복 지수가 상대적으로 낮은 이유는 좋아하지 않는 사람(직장 상사, 시댁 식구 등)과 시간을 많이 보내야 하는 사회 구조이기 때문이라고 한다.

지금은 해적시대

초판 1쇄 인쇄 2023년 11월 03일
초판 1쇄 발행 2023년 11월 10일
지은이 이 정

펴낸이 김양수
책임편집 이정은
교정교열 김현비

펴낸곳 도서출판 맑은샘
출판등록 제2012-000035
주소 경기도 고양시 일산서구 중앙로 1456 서현프라자 604호
전화 031) 906-5006
팩스 031) 906-5079
홈페이지 www.booksam.kr
블로그 http://blog.naver.com/okbook1234
페이스북 facebook.com/booksam.kr
이메일 okbook1234@naver.com

ISBN 979-11-5778-620-6 (03800)